エリック・ホッファー
全アフォリズム集
魂の錬金術

The Passionate State of Mind,
Reflections on the Human Condition,
and Other Aphorisms

ERIC HOFFER

中本義彦訳

情熱的な精神状態　5
人間の条件について　115
第1章　龍と悪魔のはざまで　117
第2章　トラブルメーカー　140
第3章　創造者たち　158
第4章　予言者たち　174
第5章　人間　183
補遺　202
訳者あとがき　210
索引　227

魂の錬金術

エリック・ホッファー全アフォリズム集

情熱的な精神状態

エリザベス・ロレンスに捧ぐ

情熱

1

情熱の大半には、自己からの逃避がひそんでいる。何かを情熱的に追求する者は、すべて逃亡者に似た特徴をもっている。

情熱の根源には、たいてい、汚れた、不具の、完全でない、確かならざる自己が存在する。だから、情熱的な態度というものは、外からの刺激に対する反応であるよりも、むしろ内面的不満の発散なのである。

2

身を焦がす不平不満というものは、その原因が何であれ、結局、自分自身に対する不満である。自分の価値に一点の疑念もない場合や、個人としての自分を意識しないほど他者との一体感を強く抱いているとき、われわれは、何の苦もなく困難や屈辱に耐えることができる。これは驚くべきことである。

3

われわれが何かを情熱的に追求するということは、必ずしもそれを本当に欲していることや、それに対する特別の適性があることを意味しない。多くの場合、われわれが最も情熱的に追求するのは、本当に欲しているが手に入れられないものの代用品にすぎない。だから、待ちに待った熱望の実現は、多くの場合、われわれにつきまとう不安を解消しえないと予言してもさしつかえない。

いかなる情熱的な追求においても、重要なのは追求の対象ではなく、追求という行為それ自体なのである。

欲望

4

われわれは、しなければならないことをしないとき、最も忙しい。真に欲しているものを手に入れられないとき、最も貪欲である。到達できないとき、最も急ぐ。取り返しがつかない悪事を犯したとき、最も独善的である。

明らかに、過剰さと獲得不可能性の間には関連がある。

5

われわれは、自分自身に対する不満の種を見つけるや否や、奇妙にも、執拗で声高な一連の欲望にかられてしまう。欲望とは、好ましからざる自己から強引にわれわれを引き離そうとする遠心力の表現なのであろうか。自尊心が強まると、通常、欲求は減退するものだが、自尊心が危機に陥ると、多くの場合、自己規律は弱まるか、完全に崩壊してしまう。

禁欲主義は、往々にして魂の化学反応を逆転させようとする意識的な努力である。つまり、われわれは欲望を抑制することによって、自尊心を再建し強化しようとするのである。

6

あれかこれがありさえすれば、幸せになれるだろうと信じることによって、われわれは、不幸の原因が不完全で汚れた自己にあることを悟らずに済むようになる。だから、過度の欲望は、自分が無価値であるという意識を抑えるための一手段なのである。

7

あらゆる激しい欲望は、基本的に別の人間になりたいという欲望であろう。おそらく、ここから名声欲の緊急性が生じている。それは、現実の自分とは似ても似つかぬ者になりたいという欲望である。

自己犠牲

8

最も利己的な情熱にさえ、自己犠牲の要素が多分に含まれている。驚くべきことに、極端な利己主義でさえ、実際には一種の自己放棄にほかならない。守銭奴、健康中毒者、栄光亡者たちは、自分を犠牲にする無私の修練において人後に落ちるものではない。
あらゆる極端な態度は、自己からの逃避なのである。

9

放蕩は、形を変えた一種の自己犠牲である。活力の無謀な浪費は、好ましからざる自己を「清算」しようとする盲目的な努力にほかならない。しかも当然予想されるように、放蕩が別の形の自己犠牲へと向かうことは、決して珍しいことではない。情熱的な罪の積み重ねが、聖者への道を準備することも稀ではない。聖者のもつ洞察は、多くの場合、罪人としての彼の経験に負っている。

10

ある情熱から別の情熱への転位は、それがたとえまったく逆方向であろうと、人びとが考えるほど困難なものではない。あらゆる情熱的な精神は、基本的に類似した構造をもっている。罪人から聖者への変身は、好色家から禁欲主義者への変身に劣らず容易である。

11

情熱的な精神状態は、多くの場合、技術、才能、力量の欠如の証拠である。さらにいえば、情熱的な激烈さは、熟練や力量から生まれる自信の代用品になりうる。自分の技能に自信のある職人は、ゆったりと仕事にとりかかり、まるで遊んでいるかのように働きながらも、確実に仕事をやり遂げる。一方、自信のない職人は、まるで全世界を救っているかのような勢いで仕事に打ち込み、そうすることによってのみ、はじめて何かを成し遂げられる。これは、兵士についても同様である。訓練と装備の行き届いた兵士は、激しい感情にかき立てられなくても、十分戦う。しかし、訓練不足の兵士は、熱狂と熱情に煽られたときにだけ奮闘する。

12

山を動かす技術があるところでは、山を動かす信仰はいらない。

13

不適応者

激烈な変化の時代は、情熱の時代である。人間は、まったく新しいものには決して適応できないし、その準備もない。われわれは自らを適応させなければならないが、あらゆるラディカルな適応には自尊心の危機がともなう。われわれは試練に耐え、自らを証明していかねばならないのだ。こうして、激烈な変化に身をさらされた者は、不適応者になる。そして、不適応者は、情熱的な雰囲気の中で生き、呼吸するのである。

14

不満がもたらすもの

内面の満ち足りなさによってもたらされる魂の激化は、エネルギーを放出する。それが不満となるか、欲望となるか、純粋な行動となるか、創造となるかは、その個人の資質と置かれた状況による。

不満の化学反応は、摩訶不思議な力をもつタールのようなものである。その中には爆発物、刺激物、毒物、鎮静剤、香水、悪臭の礎石が含まれている。

15

完全に調和のとれた人間には、前進への衝動も、完全への向上心も欠けているのかもしれない。それゆえ、完全な社会は、つねに停滞する可能性を秘めている。

16

前進への最良の刺激は、われわれが逃げ出さなければならない何かをもつことである。

17

ある魂の天賦の資質を知るうえで、不満を創造的な衝動に変える能力を測ることほど、よい方法はなかろう。真の芸術家は革命家と同じく、不満を抱えている。しかし、同じ不満から両者が生み出すものの何と対照的なことか。

18

才能は自らの機会を作り出すと言われる。しかし、激しい欲望が機会のみならず、才能を作り出すこともあるようだ。

19

十分な導きと有利な環境を与えれば、いかに本来的に粗野な熱狂でも創造力に転化しうるものである。誤って生じた熱狂でさえ、情熱的な真理の探求に変わりうるのだ。

20

激しい欲望は習慣、流行、伝統になりうる。その場合、それは一見、自己への不満とは無縁だが、にもかかわらず、由来の原形をとどめている。不満を端緒とする態度の多くは、純粋な欲望からも生じうるのかもしれない。変化への性向、信仰を受け入れる素地、自己犠牲の覚悟は、あるがままの状況と戦っている人びとにおいても、単に「もっと多く」を欲している人びとにおいても同様に強い。激しい欲望を習慣的にもつ人びとは、自分の生活や財産に、ほとんど執着しない。自覚があるにせよ、ないにせよ、彼らは保守の対極に位置しているのだ。

21

あらゆる獲得行為にはラディカリズムが、あらゆる保有行為には保守主義がある。恋愛がラディカルで、結婚が保守的であるように、一攫千金指向の資本主義はラディカルで、保持指向の資本主義は保守的である。社会や経済に対する支配の維持に精力の大半を吸収されるようになると、ラディカリズム自体もまたラディカルでなくなる。

22

「もっと!」というスローガンは、不満の理論家によって発明された最も効果的な革命のスローガンである。アメリカ人は、すでに持っているものでは満足できない永遠の革命家である。彼らは変化を誇りとし、まだ所有していないものを信じ、その獲得のためには、いつでも自分の命を投げ出す用意ができている。

23

モラリストや理想主義者には、欲望を軽侮する態度が見られる。彼らは、それを「つまらない、ばかげた、無価値な、子どもじみたもの」とみなす。しかし、取るに足らない欲望が、人間の行動の動機として必ずしも無価値だとは言えない。重大な動機と瑣末な動機が、人間にとって同等に有益であってはならないという理由もない。実際、国民がつまらない物を欲しがらなくなるほど合理的になり真面目になることが、はたして国家にとってよいかどうかは疑わしい。国民の欲望は活力となって現れる。不安、無謀さ、血気、攻撃性が、そこにはある。何も熱望しなくなったとき、国家は「疲弊」する。欲望の低下が満ち足りたことによるものか、合理性によるものか、幻滅によるものかは無関係だ。疲弊した国家には、これまで以上にはなりえない不毛な将来しか見えない。革命の真の効果とは、おそらく欲望を知らない人びとを一掃し、行動や権力など、この世のあらゆるものに対して、飽くなき欲望をもつ人びとを前線に送り出すことであろう。

24

使命と宿命を背負っていると民族に感じさせるのは、満たされない欲望の自覚である。

すぐに行動したがる性向は、精神の不均衡を示す兆候である。均衡がとれているということは、多かれ少なかれ、平静だということである。行動とは、つまるところ、均衡を保ちながら浮遊するために、腕を振り、バタバタさせることに等しい。そして、もしそうであるならば、ナポレオンがカルノーに書いたように、「統治の技術とは、人びとに倦怠感を抱かせないこと」であり、均衡を崩す技なのである。全体主義体制と自由な社会秩序の間の決定的な違いは、おそらく、人びとを行動させ奮闘させる不均衡を生み出す方法にあるのであろう。

25

いかなる手段を用いても、どんな状況に置かれても、人間は自己を主張し、自らの存在を証明しようとする。社会で成功をおさめるための技術とは、おそらく誰もが反対しえない自己主張の手段を見つけることである。

26

物欲のない社会があるとして、そこで個人の価値を誇示するために、どんな手段が開発されるかを考えてみるのも悪くはない。創造力は、獲得物の代わりにはなりそうにない――というのも、創造力は少数者にしか与えられず、自然に他人から認められるものでもないからだ。物欲のない社会は、軍隊と学校を組み合わせたもののようになるだろう。そして、人びとは表彰状、学位、勲章、位階を勝ちとることで、自分の価値を証明することになろう。欲望を取り除くことによって何かを矯正できるとしても、われわれは人生から瑣末なものを除去することはできないのだ。

27

自立した個人は、慢性的に不安定な存在である。自力で精神の均衡を保持させる自信と自尊心は、きわめて脆いものであり、日々再生されねばならない。今日の成功は明日の挑戦にすぎない。いまいる場所がいかに高みであろうと、進まずにそこに留まっているかぎり、人は不安に苛まれる。

自律的な人間の魂は、火山地帯の風景のような一面をもっている。そこには地溝帯が走っており、自己との境界線をなしている。われわれの熱狂、情熱的な追求、夢、向上心、目覚しい成功は、すべてこの亀裂を源にしている。そうした魂の格闘においては、ものごとを成就し自己と和解することによって亀裂を癒すか、無私無欲になることによって亀裂の存在をごまかすか、自己否定によって亀裂を除去するほかない。

28

最も自由な社会においてさえ、全体主義的な要素が多分に含まれている。しかし、自由な社会においては、全体主義は外部から押しつけられるものではなく、個人の内部に植えつけられている。われわれ一人ひとりには、内なる全体主義体制がある。われわれは自らの規範を設定し、ひとつの五ヵ年計画から次の五ヵ年計画へと自分を駆り立てる、仮借なき政治局によって支配されている。自らの努力によって自己の存在を理由づけねばならない自律的な人間は、永久に自分自身に拘束されている。

29

一人ひとりの人間が「無能であることの自由」へと解き放たれ、自らの努力によって自己の存在を理由づけねばならなくなったとき、運命の歯車は動き始めた。自己を実現し、自らの価値を証明しようと努力する自律的な人間は、文学、芸術、音楽、科学、技術において、あらゆる偉大な業績を作り上げてきた。一方、自己実現できず、自己の存在を理由づけることもできない場合、自律的な人間は欲求不満の温床となり、世界を根底から揺るがす大動乱の種子となる。

自尊心に支えられているときだけ、個人は精神の均衡を保ちうる。自尊心の保持は、個人のあらゆる力と内面の資源を必要とする不断の作業である。われわれは、日々新たに自らの価値を証明し、自己の存在を理由づけねばならない。何らかの理由で自尊心が得られないとき、自律的な人間は爆発性の高い存在になる。彼は将来性のない自分に背を向け、プライド、つまり自尊心の爆発性代替物の追求に乗り出す。社会騒乱や大変動の根底には、つねに個人の自尊心の危機が存在する。そして、大衆を最も容易に団結させる偉業達成の努力も、基本的にはプライドの追求なのである。

30

われわれは、自分の才能を開花させるか、多忙にまぎらすか、自分とはかけ離れた何か——大義、指導者、集団、財産などと自己を同一化するかによって、価値の感覚を獲得する。三つの方法のうち、最も困難なのは自己実現であり、他の二つの道が多かれ少なかれ閉ざされたときにのみ、この道は選択される。才能のある人間は、創造的な仕事に従事するよう激励され、刺激されねばならない。彼らのうめき声や悲嘆の声は、時代を超えてこだまする。

行動は、自信と自尊心へと通じる確実な道である。その扉が開かれているとき、すべてのエネルギーがその方向へと流れ出す。それは大半の人にとって安易な道となり、目に見える報酬を提供する。精神の開拓は曖昧で困難な道であり、人が自然にこの道を選択することは、めったにない。行動の機会が多ければ、文化的創造の道は避けられることが多い。ニューイングランドにおける文化の開花は、西部の開放とともに突然終わりを告げた。ローマ人たちの相対的な文化の不毛は、天才の不在よりも帝国の存在によるところが大きかろう。アメリカ合衆国で最も才能のある者たちが実業界に身を置こうとするように、ローマ帝国では最も才能のある者たちが行政部で報酬を得ようとしたのである。

創造

31

人間の熱望は創造力、夢、過剰、自己犠牲、建設と破壊への衝動の原材料である。人間の魂には、いわば孔が開いており、そこを通り抜けるとき、熱望は具体的なものに変質していく。ひとつの流れは、他の流れにも影響を及ぼす。創造とは漏出なのであり、放蕩、自己犠牲、獲得、建設への熱情、破壊の狂乱もそうである。女性、神、人間性への愛も同様である。

32

社会秩序というものは、才能と若さに将来の見通しを与えているかぎり安定する。若さはそれ自体が、ひとつの才能――こわれやすい才能なのである。

33

文化的創造にとって最適の条件とは、傑出した個人の自律性を保証する環境であろう。少々の経済的福祉。宗教、国家、革命、実業、戦争への大衆的熱狂の欠如。行動する機会の乏しさ。能力を認め、それに報いる環境。ある程度の共同体の規律。

最後の点は説明を要する。

やりたいことを自由にできるとき、人びとはたいてい互いに模倣しあう。独創性は意識され、強制されて生まれるものであり、いくらか反抗的な性質を帯びる。個人に無限の自由を与える社会は、往々にして薄気味悪いほどの類似性を示す。反対に、共同体の規律が厳格だが、過酷ではない――つまり、「いらいらさせるほど厄介なものでありながら、押しつぶすほど重い軛《くびき》ではない」とき、独創性はかえって生み出される確率が高い。模倣が社会全体に普及するとき、穏健な専制政治のような画一性がもたらされる。だから、完全に標準化された社会は、おそらく独創性に挑戦する十分な脅迫性をもっている。

34

ある国民が外国の支配下にあるとき、一般的に彼らの創造性は乏しくなる。これは「国民的天才」が抑圧されるからではなく、外国支配に対する憤りが国民全体を結束させ、創造力をもつ個人が才能を開花させる条件が整わないからである。その場合、創造的な人間の精神生活は大衆の感情と偏見で彩られ、形作られる。多くの原始的部族の成員と同じく、彼もまた個人としてではなく、結束した集団の一員としてしか存在しない。

しかし、自国による抑圧への憤りの場合、事情は異なる。抑圧が全体主義的なものでないかぎり、個人は才能と独創性を発揮することによって、抵抗の意志を明らかにできる。

プライド

35

自尊心が自身の潜在能力と業績から引き出されるのに対して、プライドはもともとわれわれの一部でないものから引き出される。架空の自己、指導者、聖なる大義、集団的な組織や財産に自分自身を一体化させるとき、われわれはプライドを感じる。プライドは不安と不寛容によって特徴づけられ、敏感で妥協を許さない。自分の将来の見通しが暗く能力が乏しいほど、プライドをもつ必要性は高まる。プライドの核心は自己の拒絶である。

しかし、プライドがエネルギーを発し、成功へ拍車をかける場合、自己との和解と真の自尊心をもたらしうることも事実である。

36

プライドを与えてやれ。そうすれば、人びとはパンと水だけで生き、自分たちの搾取者をたたえ、彼らのために死をも厭わないだろう。自己放棄とは一種の物々交換である。われわれは、人間の尊厳の感覚、判断力、道徳的・審美的感覚を、プライドと引き換えに放棄する。自由であることにプライドを感じれば、われわれは自由のために命を投げ出すだろう。指導者との一体化にプライドを見出せば、ナポレオンやヒトラー、スターリンのような指導者に平身低頭し、彼のために死ぬ覚悟を決めるだろう。もし苦しみに栄誉があるならば、われわれは、隠された財宝を探すように殉教への道を探求するだろう。

37

一神教（唯一無二の神、真理、大義、指導者、民族などへの忠誠）は、通例、プライド追求の到達点である。古代ヘブライ人に唯一無二の民族のための唯一無二の神を作らせたのは、唯一無二の民族になりたいという熱望であった。

宗教、真理、指導者、民族、人種、政党、聖なる大義の独自性を主張するとき、われわれはつねに自分自身の独自性を宣言しているのだ。

38

ある国民の愛国的熱狂は、彼らが享受する自国の福祉や政府の公正さに、必ずしも直接呼応するものではない。ナショナリストがもつプライドは、他のさまざまなプライドと同様、自尊心の代用品になりうる。それゆえ、政府の政策や歴史的事件が、国民一人ひとりの自尊心の形成と維持を困難にするとき、国民全体のナショナリズムが一層熱烈かつ過激になるという逆説が生じる。ファシズムや共産主義の体制下にある民衆が盲目的愛国心を示すのは、彼らが個々の人間として自尊心を得ることができないからである。

39

信仰と恐怖はともに、人間の自尊心を一掃するための手段である。恐怖は自尊心の自律性を破壊し、信仰は多かれ少なかれ自発的な降伏を勝ちとる。両者がもたらす結果は、人間の自律性の除去――すなわち、自動機械化である。信仰と恐怖は、人間の実存を意のままに操作できるひとつの定式にしてしまう。

40

魂の錬金術

人間とは、まったく魅惑的な被造物である。そして、恥辱や弱さをプライドや信仰に転化する、打ちひしがれた魂の錬金術ほど魅惑的なものはない。

41

弱者

権力は腐敗するとしばしば言われる。しかし、弱さもまた腐敗することを知るのが、等しく重要であろう。権力は少数者を腐敗させるが、弱さは多数者を腐敗させる。憎悪、敵意、粗暴、不寛容、猜疑は、弱さの所産である。弱者の逆恨みの源泉は、彼らが被る不正ではなく、むしろ自分自身が無力で無能だという意識にある。弱者が憎むのは邪悪さではなく、弱さなのだ。その力さえあれば、弱者は手当たり次第に弱いものを破壊する。弱者が自分以上の弱者を餌食にするときの、あの酷薄さ！　弱者の自己嫌悪は、彼らの弱さへの憎悪を示す一例にすぎない。

42

庇護者に対する弱者の態度ほど、屈折したものはない。弱者は庇護者の寛大さを抑圧と感じ、報復をしたいと願う。彼らは庇護者に向かって言う――「あなた方が弱者になって、わたしたちがアメリカに札束を送りつける日が来ますように」。

弱者に富を分け与えても、彼らの支持は得られない。強欲と逆恨みを植えつけるだけである。プライド、希望、憎悪を共有することによってのみ、われわれは弱者の支持を得ることができる。

43

権力を握ったからといって、それがただちに攻撃性を帯びるとはかぎらない。権力はそれが慢性的な恐怖と結びつくとき、はじめて恐るべきものとなる。人びとを行動させるには、明らかに精神の不均衡が必要であるが、権力を活発化させるには、恐怖の不均衡が必要である。言い換えれば、弱者の性向と才能を利用するときのみ、権力は残酷で邪悪なものとなる。

44

強者が弱者の真似を始めるとき、世界に大きな災厄がふりかかる。弾圧と粛清という強者の掌中にある無比の手段は、弱者が生き残るための絶望的な手段でもある。

45

人間という種においては、他の生物とは対照的に、弱者は生き残るだけでなく、時として強者に勝利する。弱者に固有の自己嫌悪は、通常の生存競争よりもはるかに強いエネルギーを放出する。耐えがたい現実から逃れるために、弱者がとる手段は不合理なことが多いが、どういうわけか、そこから権力が発生する。それは、無を絶対的な真理に変える言葉の魔術のようなものであり、自己への軽蔑をプライドに、自信の欠如を信仰に、罪悪感を独善に変える信念の錬金術である。最後に、自己嫌悪は団結して行動する異常な力を弱者に与える。自己からの逃避は、たいてい一致団結した集団へと人びとを走らせる。そして、この他者と連帯しようという意志こそが、比類のない強さの源泉となる。こうして、弱者の中に生じる魂の激しさは、彼らにいわば特別の力を与える。「神は、力あるものを辱めるために、この世の弱きものを選び給えり」という聖パウロの尊大な言葉には、醒めたリアリズムが存在する。

46

他者と連帯したいという熱望を生じさせるのは、自己嫌悪である。われわれは本質的に自分自身を敵にまわして、他者と手を結ぶ。

47

自己放棄によってのみ、われわれは唯一の真の重荷から逃れることができる。というのも、聖なる大義とどれほど一体化しようとも、はかない自己についての恐怖や戦慄ほど、現実的で激しいものはないからである。つねに取り返しのつかない死と背中合わせにある短命な自己ほど、重要なものはない。だからこそ、自己放棄は解放であり、救済であるかのように感じられるのだ。

48

宗教は、神や教会、聖なる大義などの問題ではない。それらは単に付属品にすぎない。宗教的没頭の根源は自己にある。いや、むしろ自己の拒絶にある。献身は自己の拒絶と表裏一体なのだ。人間だけが宗教的動物である。なぜなら、モンテーニュも指摘しているように、「自己を憎悪し軽蔑することは、他の被造物には見られない、人間特有の病」だからである。

49

自分が何かに苦しんでいるとき、何かのために苦しんでいると思い込めるのは、弱者の才能である。彼らは逃げているとき、ある方向を目指しているのだと信じ、熱を感じるとき光が見えると自分に言い聞かせ、遠ざけられたとき選ばれたのだと思い込む。

50

人間という種がもつ驚異と独自性は、弱者の生き残りに由来する。病人を看護するという習慣がなければ、人類一般における不具者と弱者が文化と文明の高みに達することはできなかったであろう。部族の男たちが戦場におもむくとき、背後にとどまらざるをえなかった傷病者が、おそらく最初の語り部、教師、（武器や玩具を作る）職人になったのであろう。宗教、詩、英知の草創期の発展は、不適応者の生き残りに多くを負っている。狂気に陥った呪医、癲癇症の予言者、盲目の吟遊詩人、才知に長けたせむしや小びとが、そうした人びとである。最後に、病人は医術と料理の発展に貢献したに違いない。

51

人間という種のもつ例外的な適応性は、弱者の特異性に負うところが大きい。新しいもの——それが新しい土地への移住であれ、新しい生活様式の開始であれ——を見出し、それを習得するという困難で危険な作業に取り組むのは、社会の前衛に立つ者ではなく、後衛に位置する者である。新しいものに最初に飛びつくのは不適応者、失敗者、逃亡者、追放者たちである。彼らが試行錯誤の末に未知のものを押さえ手なずけてはじめて、強者がやってきて、それをものにする。新しいことに飛び込むのは、多くの場合、耐えがたく不快な日常の単調さからの逃避である。新しい言葉に必死に耳を傾け、あらゆる約束にしがみつき、救済者のまわりに集まるのは、そうした弱者である。

人間を自然の秩序に取り込まれた、単なる動物として見るように促されるときはいつも、われわれは、人間の事象において不適応者が果たす役割について一考を迫られることになる。

自己否定

52

われわれは英雄的に行動するとき、たいてい何かを証明しようとしている。自分自身に対して、さらに他人に対して、自分が過去の自分ではないことを、そして他人が思っているようなて、自分ではないことを証明しようとしているのだ。本来の自分は狭量で、欲深く、臆病で、不誠実で、悪意に身を焦がしている。死をものともせず、本来の自分を侮蔑することによって、われわれはいまや真っ向から自己を否定する機会をつかんでいるのだ。

53

極端に行動し考えるには、演劇的なセンスが不可欠である。過剰な行動とは、本質的に身ぶり手ぶりである。自分自身をある芝居を演じる俳優とみなせば、極端に残酷になることも、寛大になることも、謙虚になることも、自己犠牲的になることもたやすい。

54

われわれは、自分が真の姿とはまったく別物だと世界に信じさせようと、最も執拗かつ情熱的に努力する。

神だけが、ありのままの自己に満足して「われは、われなり」と宣言できる。神とは対照的に、人間は自分でないものになろうと奮闘する。人間はつねに「わたしは、わたし自身ではない」と宣言するのである。

55

自分とは別のものになりたいという情熱にとりつかれた瞬間に、われわれは宗教的雰囲気の中に身を置くことになる。悔恨、自分が弱く無価値であるという明確な認識、プライドと名誉への渇望――これらすべてに新しいアイデンティティの追求という側面があり、宗教的要素が含まれている。

装うこと

56

何かを装うことは、魔術的儀式に似た趣きがある。われわれは単に自分でないものを装うだけでなく、それを演出することによって新たな真実味を与えようとする。そして、奇妙なことに、この魔術的な演技はしばしば成功し、われわれは装ったそのものになってしまう。

57

われわれのもつ最大の欲求不満は、その源をたどると、装いだけでは克服しがたい限界に突き当たる。万が一、肌の色が黒く、背中にこぶがあり、一見して創造力が乏しいならば、われわれは、鎖につながれた囚人のように感じることだろう。

知ろうとしないこと

58

知っていること、知らないことよりも、われわれが知ろうとしないことのほうが、はるかに重要である。男女を問わず、その人がある考えに対してなぜ鈍感なのかを探ることによって、われわれは、しばしばその人の本質を解明する鍵を手に入れることができる。

59

われわれの内面的自我は、つねに戦争状態にあるようだ。いかなる全体主義体制の検閲官といえども、外界とわれわれの意識をつなぐ通信線を統制する検閲官ほど、冷酷無情にはなりえない。自信と士気を弱めるものは、決してわれわれの内面に立ち入ることは許されない。われわれの大半にとって、不快な真実ほど目に見えないものはない。目の前に置かれ、鼻先に押しつけられ、喉に押しこまれても、われわれはそれを知らないのである。

60

われわれは最も熱中していることについて、最も知りたがらないようである。狂信的な急進主義者はラディカリズムの本質について暗く、信心家は宗教の本質について何も知らない。熱狂は、自らの力では立てないもの——根のない、一貫性を欠いた、不完全なもの——を支えようとする盲目的な努力の表現である。それが意味のない自我であろうと、根拠のない教義であろうと、熱狂的に信仰することによってのみ、われわれはそれを実行しうる。

61

ある魂の弱点は、遠ざけねばならない真実の数に比例している。

62

公言する内容を十分に理解していない場合、われわれは熱狂と不寛容をもって、それを語る。不寛容は、触る価値のないものに貼り付けられた「触るな」という表示のようなものである。われわれは髪が乱れていても気にしないが、ハゲを隠すカツラのことは知られたくないのである。

63

非妥協的な態度というものは、強い確信よりもむしろ確信のなさの表れである。つまり、冷酷無情な態度は外からの攻撃よりも、自身の内面にある疑念に向けられているのだ。

言葉と観念

64

生身の自己から最もかけ離れたものは何か。

言葉だ！

人びとを言葉に結びつけることは、彼らを最も効率よく生活や財産から引き離すことであり、それゆえに、無謀な自己犠牲の行動へと彼らを準備させることでもある。人間は、何よりもまず言葉のために戦い、命を捧げるだろう。ヘーゲルの時代からドイツ人を魅了してきた形而上学の曖昧な言葉が、世界を根底から揺るがしたあのドイツの無謀さの興起に一役買ったことは疑いない。現在は、共産主義者たちの曖昧な言葉が、ヨーロッパとアジアで数百万の人びとを大胆不敵な自己犠牲の行動へと駆り立てている。
言葉がすべてである時代は、危険な時代である。

65

観念が人びとを突き動かし行動へと駆り立てるのは、それが単なる言葉や無意味なシンボルへと変えられるからである。この観念の脱知性化は、似非インテリの仕事である。ペンとインクで仕事ができない自称インテリたちは、剣と血で歴史を書くことを切望する。

66

行動を起こすのに、観念の認可――いや、むしろ呪文を必要とする人びとがいる。彼らは命令し、統御し、征服したいと望む。しかし、こうした熱情と渇望を満たす行動を、卑しむべき自己満足のためではなく、言葉に生命を吹き込む厳粛な儀式だとみなす。たいがい、こうした人びとには、観念を作り出す能力が欠如している。彼らの特別の才能は、むしろ観念の脱知性化にこそある。つまり、観念を行動のスローガンや兵士の鬨《とき》の声に変えることにあるのだ。

67

歴史上、行動はしばしば言葉の反響であった。おしゃべりの時代に続いて、事件の時代が訪れた。
二十世紀の新たな野蛮は、十九世紀後半の聡明な語り手や書き手が発した言葉の反響である。

68

教義は信心者たちを彼らをとりまく現実からだけでなく、彼ら自身からも孤立させている。熱狂的な信者は自身にある羨望、悪意、卑小さ、不誠実さを自覚していない。彼の意識と真の自己との間には、言葉という壁が横たわっているのだ。

69

われわれはしばしば強烈な言葉を使うが、それは強い感情や確信を表明するためでなく、自己の内部にそうした感情を喚起するためである。われわれの感情を揺さぶるのは、他人の言葉だけではない。われわれは自分自身を説得して、憤激と熱狂へと向かわせることができるのだ。

70

われわれは自分自身に嘘をつくとき、最も声高に嘘をつく。

71

他人をだますことには大きなためらいを感じるが、自分をだますことには何の痛みも感じない人が多い。にもかかわらず、自分を欺く人間が、本当に真実を語れるかどうかは疑わしい。

現在と未来

72

自己蔑視する者にとって、現実とは汚れた陳腐なものである。だから彼らは、五感から得られる証拠によって自分の意見を理由づけることができない。日常生活の経験から、国家、政府、人間についての判断を引き出そうとしないのである。

73

現状に対する闘争は、通常、事実に対する闘争である。事実は気ままに生き、気ままに死ぬ者たちの玩具である。途方もない希望を性急に実現しようと没頭する者は、事実を下劣で汚れたものとみなしがちである。事実こそは反革命的である。

74

われわれは現在をごまかすことなくして、情熱的に未来を夢見ることはできない。現実とはまったく別のものへの切望が、われわれに現実とは異なる世界を垣間見せるのである。

75

注目すべきことは、未来にばかり関心を奪われると、ありのままの現在が見えなくなるばかりか、しばしば過去を再編成したくなるということである。未来の領域に足を踏み入れることは、外国に行くようなものである。われわれはパスポートをもたねばならず、自分の過去についての詳細な記録の提出を求められる。だから、ある民族の歴史への没頭は、多くの場合、未来へのパスポートを手に入れようとする努力にほかならない。そして、それは偽造パスポートであることが多い。

76

われわれはしばらくの間、新しく困難なものに専念すると、その後、精通した分野に戻っても、違和感を覚えるものである。だから、まったく新しいものに取り組もうとする者にとっては、しばしば慣れ親しんだものも、新奇で困難なものに見えてくる。その結果、普通は自然に機能している事柄を管理し規制することに、必要以上にエネルギーを費やすといったことが起こりうる。

77

生きた信仰とは、基本的に未来への信仰である。だから信仰を鼓吹する人びとは、未来を見通すことができなければならないし、彼の導きの下にすべての出来事が生じ、それがたとえ大惨事であろうとも、予知され予言されていたという印象を与えねばならない。

78

未来を予言する唯一の方法は、未来を形成する権力を握ることである。絶対権力の保持者は予言しうるだけでなく、その予言を実現できる。そして、嘘をつき、その嘘さえも実現できる。

79

現在を謳歌している者は残酷になり堕落しうるとしても、完全に不道徳にはなりきれない。無慈悲な態度を、体系的かつ一貫してとることはできないのだ。

80

粗暴さというものは、どういうわけか現在の拒絶と関連しているようである。現在を拒絶するとき、われわれは自分自身をも拒絶している——いわば自分自身に対して粗暴になり、たいてい自分自身にしてきたことを他人にも行なうのである。

81

子どもや野蛮人、ウォール・ストリートの相場師にとって、この世に不可能なことはないように思える——ここから彼らの軽信性が生まれる。同じことは、大きな不確実性の時代に生きる人びとについても妥当する。不安と希望が軽信性を助長する。魅惑的で明らかに非合理な教義を進んで受け入れるような精神状態を人びとのなかに作り出したければ、希望を説き、人びとの不安を煽れば十分であろう。

82

絶対的に無力か、絶対的に強大であるとき、すべてが可能に思えてくる——そして双方の状態ともに、われわれの軽信性をかき立てる。

83

ペテン師が、軽信者を餌食にする冷笑家であるとはかぎらない。ペテン師の素質を示すのは、軽信者自身なのだ。自分こそが唯一の真理を保持していると信じる者は、日常的な真理に無関心になりやすい。
自己欺瞞、軽信性、ペテンは、同じ穴の貉である。

責任の回避

84

現代人は罪の重荷よりも、責任の重荷に耐えかねている。われわれは自分たちの罪を背負ってくれる者よりも、責任を肩代わりしてくれる者を救世主とみなす。もし決断を下す代わりに、ただ命令に従い、義務を果たすだけで済むのなら、われわれはそれを一種の救いだと感じるだろう。

85

われわれの大半には、自分を他人の手に委ねられた道具とみなしたいという渇望がひそんでいる。つまり、いかがわしい性癖や衝動に促された行動への責任から解放されたいと熱望しているのだ。強者であれ弱者であれ、そのための言い訳は周到に用意している。弱者は、服従の美徳の陰に自らの憎悪を隠しつつ、命令に従わざるをえなかったからこそ、恥ずべき行為を甘受したのだと主張する。強者もまた、より高次の力（神、歴史、運命、民族、人間性）によって選ばれた道具になったのだと公言し、選択の余地がなかったと強弁する。

86

自分にふりかかる不幸が過去の罪に対する一種の懲罰だと考えると、多くの場合、安堵感を覚えるものである。そして、われわれは、現在起こっていることの直接的な責任を免れうる。というのも、もし直面する困難を過去の出来事に帰すことができるなら、そのことは、現在われわれが未熟であることの証拠とはなりえないし、自信や自尊心を傷つけることもないからである。

87

不安は不確実性によってもたらされる。自分の価値について絶対的な確信があるとき、われわれはほとんど不安を感じない。だから、自分がまったく無価値だという感情は、勇気の源泉になりうるのだ。

88

絶対権力というものは、単純さを偏愛する。それは単純な問題、単純な解決、単純な断定を欲する。絶対権力は、複雑さを弱さの所産――妥協を強いられる苦しい道程とみなす。つまり、急進主義と絶対権力の二つの形態には、ある種の類似性が存在するのだ。

89

われわれは愛しき者には儚さと脆さを結びつけ、憎き者には強さと不滅性を与える。全能の神という最初の観念が、友好的な保護者よりもむしろ無慈悲な敵を具象化したものに起源をもつというのは、おそらく本当であろう。ロシア人がスターリンを愛したように、人びとは神を愛した。万能で万物を見通す敵を心の底から愛しているのだと自分に言い聞かせることによってのみ、われわれは、言葉や身ぶりによって自分自身を裏切らないと確信できる。テルトゥリアヌス［初期キリスト教の教父］は言っている――「愛さないことを恐れずに、どうして愛せようか」。

90

われわれはある人の愛情を獲得したときよりも、その人の精神を打ち砕いたときに権力意識を強く感じる。ある日、愛情を手にしたとしても、それは翌日には失われるかもしれない。しかし、誇り高い精神を打ち砕くとき、われわれは最終的かつ絶対的なことを成し遂げたことになる。

91

弱者が自らの強さを印象づけようとするとき、邪悪なことをなしうることを意味深長にほのめかす。邪悪さが弱者を魅了するのは、それが多くの場合、権力意識の獲得を約束するからである。

軽薄さと深刻さ

92

信仰によって達成されることの多くが、この上ない軽薄さによっても成し遂げられるということは、逆説的である。信仰が現在を拒絶するとすれば、軽薄さは現在を軽んじたり無視したりする。信心深い人間も極度に軽薄な人間もともに、自分を犠牲にしうる。そして、信仰も軽薄さも、困難なときに自我を支える不屈の精神をもたらす。つまり、双方とも極端になりうるのだ。

93

われわれの最後には死と完全な無が待ち受けているという事実には、これまで発見されたいかなる絶対的な真理よりも確実性がある。それを承知しているにもかかわらず、人びとは、自分の将来性や不満、義務や罪について極度に深刻になりうる。唯一考えつく説明は、深刻になることが偽装のひとつの手段であるということだ。われわれは、ものごとを深刻に考えることによって、人生のつまらなさや虚しさを覆い隠す。どんな麻薬やどんな快楽追求によっても、深刻になることほど効果的に人生の恐るべき真実を隠せはしない。

94

自分のことを深刻に考えなければ、どれほど気持ちが軽くなることだろう。しかし、現実にはこの賢明で実際的な態度をとることは、きわめて難しいように思える。これは驚くべきことである。軽薄になるよりも深刻になるほうが、はるかに易しいのだ。

95

歴史は、幼児のもつ性質――落ち着きのなさ、感受性の強さ、軽信性、何かのふりをする能力、残酷さ、偽善性をもつ人びとによって作られる。つまり、歴史は玩具を欲しがる者たちによって作られるのだ。指導者たちがみな、追随者を幼児に変えようと躍起になるのは、このためである。

96

人間は決して深遠でもなければ、崇高でもない。人間の事象を説明するために、表面に現れない何か深いものを探し求めるのは、ありもしない芯を求めて栄養分の多い外層部を捨てるようなものである。人間はラッキョウのように、皮ばかりで芯がないのだ。

97

人間はすぐれて語り部である。人が目的、大義、理想、使命などを探し求めるのは、主として、基本的には意味もなければ、雛型もない人生の物語の展開に、筋書きと手本を見出そうとするからにほかならない。

人生をひとつの物語に転じることは、われわれに対する他人の関心を高め、他人とわれわれとを結びつける一手段でもある。

98

行動は、われわれに自分が何かの役に立っていると思わせるが、実際、自分の重要性や目的意識を与えてくれるのは、言葉だけである。

99

のんきな人間は、自分の将来や義務を過度に深刻に考える人よりも、永遠性、すなわち絶え間ない生と死の流れを認識しうるであろう。真に軽薄な人とは、ものごとを深刻に考えすぎる人である。

愛

100

驚くべきことに、われわれは自分を愛するように隣人を愛する。自分自身にすることを他人に対して行なうのだ。われわれは自分自身を憎むとき、他人も憎む。自分に寛大なとき、他人にも寛大になる。自分を許すとき、他人も許す。自分を犠牲にする覚悟があるとき、他人を犠牲にしがちである。

世界で生じている問題の根源は自己愛にではなく、自己嫌悪にある。

101

自分自身や他人に対して過大な期待をするのは、悪いことである。われわれは自分自身に失望しても、他人に対する期待を弱めず、逆に強めてしまう。まるで他人にまで失望したいかのように。

人類に過大な期待をする者は、人類を本当に愛しているとは言えない。

102

世界変革への熱望は、おそらく自分自身を変えたいという切望の反映であろう。状況が受け入れがたいからといって、それがただちに変革への願望を助長するわけではない。世界に対する不満は、われわれの内面に生じる際限なき不満の反響である。革命的煽動家は、世界と戦う新兵を見つける前に、まず人びとの魂の中で戦いを始めねばならないのだ。

103

改革者は変革の擁護者だとみなされているが、実際には変わりうるものすべてを軽蔑している。変わりうるものとは、腐敗し劣っているものだけである。改革者は、永遠不変の真理の保持者であることを誇りにしている。変革へと彼を駆り立てるのは、実在するものへの敵意である。彼はいわば現実に侮蔑を加えているのである。変革への情熱が、多くの場合、破壊的になるのはこのためである。

104

魂を病んでいる者はみな、病んでいるのは人類全体であり、その手術ができる外科医は自分しかいないと主張する。彼らは世界をひとつの病室に変えたがる。そして、ひとたび人類を手術台に縛りつけると、斧を手にして手術を始めるのだ。

105

万が一、就寝前に飲めば一夜にして完全な人間になれる妙薬が開発されれば、改革者は、この世で最も不幸な人間になるだろう。改革者は役割を演じたいのであり、歴史を作ることを欲しているのだ。

106

仲間の保護者として出発し、刑務所の看守になりおわる可能性は、つねに排除できない。

107

おそらく、あらゆる不適応者の心の底には、人類全体を不適応者に変えてしまいたいという密かな熱望がある。彼らは、まったく新しい社会秩序の必要性を情熱的に説く。というのも、未曾有の状況が現出すれば、人間はみな、変化に適応すべき不適応者になるからである。

108

世界に及ぼしているわれわれの力は、われわれが夢想するよりはるかに大きい。われわれは、手の届くものすべてをイメージどおりに作り上げる。

無価値の意識

109

われわれの内面の奥底には、人の子はすべて自分よりもよい人間であるという確信がある。独善とはその信念の反響である。自分が何の恥じらいもなく考えたり行なったりしていることを他人がするとき、彼らが恥じ入ることを期待していないだろうか。

110

自分が無価値であることを意識するとき、われわれは当然、他人が自分よりも立派で善良な人間であることを期待する。ところが、他人のなかに自分との類似性を発見すると、今度はそれを、その人が無価値で無能であることを示す反論の余地のない証拠とみなす。こうして、一部の人たちにとっては、親しみやすさが軽蔑のもととなる。

111

弱者にとって誰か他人と似ているということほど、大きな慰めがあるだろうか。

112

われわれは他人のなかに自分と同じ汚点を見出すことによって、いわば他人との血縁関係を主張する。だから、悪意とはひとつの社会的能力なのである。

113

恩恵を施すとき喜びを感じるのは、ひとつには、それが自分にまったく価値がないわけではないと思わせてくれるからである。それはわれわれ自身にとって、うれしい驚きなのだ。

114

真に利己的になるには、かなりの自尊心を必要とする。自己蔑視する者は自分の価値を高めるよりも、他人の価値を貶めることに心血を注ぐ。自尊心が得られないとき、嫉妬が欲望に取って代わるのだ。

115

真に「もてる者」とは自由や自信、そして富さえも、他人から奪わずに獲得できる人たちのことである。彼らは自らの潜在能力を開発し適用することで、これらすべてを獲得する。これに対して、真の「もたざる者」とは、他人から奪わなければ何も得ることができない人たちである。彼らは他人から自由を奪うことによって自由を感じ、他人に恐怖心と依存心を植えつけることによって自信を深め、他人を貧しくすることによって裕福になる。

自己正当化

116

憤慨は不正の自覚よりも、弱さの自覚から生じる。われわれはいわれなき非難よりも、部分的であれ正当な非難に対して憤慨する。非難される余地のない人は、おそらく憤慨しえない。

117

悪事を正当化しようとする試みは悪事自体よりも、おそらく致命的な害悪をもたらす。過去の罪の正当化は将来の罪を植えつけ、培養することになるからである。実際、罪の積み重ねは正当化の手段になりうる。それが非道な行為ではなく、普通の行為であると自他ともに納得させるために、われわれは何度もそれをくり返す。

118

他人を非難するとき、実は自分を許そうとしていることがある。自己正当化の必要性が大きいほど、われわれは偽善的になる。

119

人間が本当に安らぎを覚えるのは、人を憐れむときだけである。自分と同等の者や自分より優れた者に対する称賛や愛情には、不安がつきまとう。実際、無条件に愛情を注げるということほど、われわれが他人の生来の弱さを確信できることはない。

120

自分が被害者になることから、われわれはある種の満足感を得る。不当さに対する憤りが人生に意味を与えてくれるからだけではない。それが前宵祭の灯りのように、魂の暗闇で明滅する悪意の炎を弱めてくれるからだ。

121

他人に対していかに不当で理不尽な態度をとろうとも、われわれはその態度を盲目的に裏づけ正当化する自動的なプロセスを即座に開始する。誰かを憎しみにさらすと、それがいかに不当であろうと、その人が憎らしく見えてくるのは、恐るべきことである。われわれの偏見、疑念、嘘言は、魂を同調させる力をもっている。それはまるで世界が自ずと理不尽な態度に理由を与えてくれているかのようである。

122

人間の諸問題においては、原因と結果の間に相互関係と均衡状態が存在する。結果が原因によって生み出されるのと同様に、原因は結果によって大きく左右される。実際、結果を演出することで原因を作り出すことが、しばしば可能である。

善悪を問わず、われわれが人生で始めることは、自ずと正当化され、恒久化される傾向がある。

123

親切な行為を動機によって判断しても無駄である。親切はそれ自体、ひとつの動機となりうる。われわれは親切であることで、親切にされている。

124

われわれが影響を与えている人たちから、逆にどれほど影響を受けているかは語りつくせない。

迫害

125

迫害というものは、それが正当化できないものであるほど、熾烈さと永続性をきわめるようである。不当な迫害が終わるのは、無実の犠牲者が地上から一掃されるときだけである。激しい罪悪感は、盲目的な信念とほとんど区別できず、同じような残酷さと執拗さを助長する。そして、ちょうど信念の激烈さと執拗さが、その真理の証とはなりえないように、迫害の激烈さと執拗さもまた、その正当性の根拠とはなりえない。

126

不幸の原因を、われわれ自身の外部にある何か――特定でき除去できる何かに見出すことは、人びとの心に間違いなくアピールする診断である。問題の元凶がわれわれにではなく、ユダヤ人にあると言い、即座にユダヤ人の抹殺を宣言することも、広く受け入れられやすい処方箋である。

127

一般に普及している意見の浸透と、それがわれわれの精神生活を染めることには、化学反応の不可抗性のようなもの――われわれの意識や意思とは無関係に進行するものがある。迫害の受難者の魂を腐食するのは、彼らに対する一般的偏見との奇怪な内心の合意である。

世評

128

われわれはよく知らないものほど、安易に信じてしまう。自分自身について知るところが最も少ないがゆえに、われわれは自分について言われることを、すべて安易に信じ込みやすい。ここからお世辞と中傷の双方に神秘的な力が生じる。

129

われわれの大半は、お世辞と中傷がもつ神秘的な力にとりつかれている。それゆえ、他人が言うものになってしまうのである。われわれはもっぱら人の噂によって自らを知る。

他人

130

われわれが出会う人びとは、われわれの人生の脚本家であり、舞台監督である。彼らが役を割り振り、われわれは自分の意思と無関係にその役を演じる。つまり、他人を模範にして演じるよりも、むしろ他人の目に映り、他人の言葉に反響する自分を演じるのだ。

131

他人を進んで称賛しようとする者は、優越への熱望をもち、おそらくそれを実現する力をもちあわせている。

132

他人と分かちあうことをしぶる魂は、概して、それ自体、多くをもっていない。ここでも、けちくささは魂の貧困さを示す兆候である。

133

他人を進んで称賛する者は、通常、他人の称賛を割り引いて聞くものである。他方、他人をめったに称賛しない者は、他人の称賛を額面どおりに受け取りやすい。つまり、魂の器が小さければ小さいほど、お世辞に屈しやすい。

134

他人の評価がさほど気にならないとき、われわれは他人の行動や見解に対して寛容になれるようである。同じように、重視されたいという渇望をもたないとき、われわれは他人の重要さによって畏敬の念を抱くことはない。不安も不寛容も、他者への依存からもたらされる。

135

他人を説得したいという衝動は、自分自身を説得しなければならないとき最も強い。自分の価値を自分自身に認めさせようとする、われわれの作業は決して完全に成功することはない。それゆえ、われわれは他人に自分の価値を認めさせようと不断の努力を重ねるのである。

136

われわれは自ら創造したものよりも、模倣したものを信頼する。自分自身に起源があるものには、絶対的な信頼を置くことができないのである。われわれは孤立するとき、最も激しい不安に襲われる。模倣するときは、一人ではないのだ。

137

われわれに対する他人の影響力を見積もる有効な指標は、われわれの仲間に対する親切心を、その人がどれだけ増減するかの度合いで決まる。

思いやり

138

他人に害悪を及ぼさないようにするためには、人を思いやる能力をもちつづけることが大切である。なぜなら、われわれは自分が傷つけた人には同情できないからである。

139

思いやりは、おそらく魂の唯一の抗毒素であろう。思いやりがあれば、最も有毒な衝動でさえ相対的に無害なままである。高邁な理想に身を捧げた無慈悲な人よりも、玩具に夢中になってはいるが、同情心をもちうる人に世界を任せたほうがよい。人間の魂の化学にあっては、たいていの高貴な属性（勇気、名誉、希望、信念、義務、忠誠など）は、残忍さへと変質しうる。われわれの内面で生じる善と悪の不断の往来から離れて存在するのは、思いやりだけである。

140

他人に対する不正を防ぎうるのは、正義の原則よりもむしろ思いやりである。

141

他人を判断する際に必要なのは、欺瞞や悪意を通して相手を見ずに、相手の内面に眠っている上品さに着目することである。

142

純粋無私にひそむ汚点は、それが冷酷無情さを道徳的に正当化する唯一の理由であるということである。

143

原罪とは何か？　それはおそらく、われわれの内部に明滅する悪意なのであろう。そう考えると、原罪を考慮に入れずに人間の諸問題に対処することは、悲しむべき誤りである。

144

激しい情熱の持ち主は、たいてい思いやりに欠ける人である。他人を思いやる気持ちは、精神の均衡が生み出す静寂の中でだけ聞こえる「低い小さな声」である。人間に対する情熱でさえ、人間性を欠いている場合が多い。

悪

145

実りある成果をあげたければ、熱情を薬味として限定的に使うことだ。自分の母国や人種に対するプライド、正義や自由、そして人類などへの献身を、人生の主要成分にしてはならない。せいぜい伴奏か、付属品にとどめるべきである。

146

ある理想の実現のために一世代を犠牲にする者は、人類の敵である。

147

ある国の政府や生活様式を判断する唯一の指標は、そうした活動の基盤をなす国民の質である。政府の掲げる目標がいかに高貴であろうと、それが国民の品位や親切心をくもらせ、人間生活を安っぽいものにし、悪意や猜疑心を育むなら、その政府は悪である。

148

好ましくない特質を除去することによって、人間を改造できるかどうかは疑わしい。ほとんどの場合、その除去はせいぜい代替物との置き換えにすぎない。われわれは、除去した悪い特質をその相似物に置き換える。そして、世の中は変わらず、そのまま続く。嫉妬は欲望に、独善は利己主義に、単なる不誠実は知的な不誠実に代わる。しかも、新たに生じた悪い特質が、それが取って代わる以前のものよりも強力になる可能性がつねにある。

149

明確に特定できる悪を抑圧すると、その代わりに、広く蔓延する悪――生活のすみずみまで伝染する悪が現れる危険性がつねにある。だから、宗教的ファナティシズムの抑圧は、通例、あらゆる生活部門に侵入する世俗的ファナティシズムを引き起こす。在来型の戦争を禁止すれば、結果として宣戦布告なき戦争が無数に起こるかもしれない。在来型の雇用主を排除すれば、やがて労働時間を監督するだけでなく、われわれの家庭にまで侵入し、思想や夢までも統制する広範囲にわたる怪物を生み出すことになろう。

150

現代の神なき時代にあっても、以前の宗教時代と同様、人間は依然として自らの魂の救済に没頭している。啓蒙による既成の宗教の信用失墜は、決して人びとの宗教的衝動を弱めはしなかった。伝統的宗教は救済の探求を導き、日常化する。そうした宗教が信用を失うとき、人は自らの魂の救済を自力で、しかも四六時中行なわねばならない。そのため、生活のあらゆる部門――実業、政治、文学、芸術、科学から恋愛、スポーツにいたるまでのあらゆる部門において、ファナティシズムが噴出する。かくして、宗教的情熱のはけ口を除去した結果、社会組織そのものが、一般に心の病に冒されやすい、すぐに燃えやすい体質になってしまった。

151 自己認識

ありのままの自分とは異なる存在になるためには、自分が何者であるかについて、ある程度の認識が必要である。別の存在になることが偽装に終わるにせよ、また真の内面的変革に帰着するにせよ、自己認識なしに、それが実現することはない。

だが、驚くべきことに、自己への不満に最も苛まれ、新しいアイデンティティを最も渇望する者にかぎって、自己認識の欠如が最も甚だしい。彼らは好ましからざる自己に背を向け、それと向かい合うことがない。その結果、自己への不満が最も強い人びとは、自らを偽ることもできなければ、真に内面を変革することもできない。彼らの内面は透明であけすけである。彼らの好ましからざる性質はいかに自己演出と自己変革を試みても、執拗に存在しつづけるのだ。

152

感受性の欠如は、おそらく基本的には自己認識の欠如であろう。

153

自己認識能力の欠如は、しばしば粗暴さと不器用さとなって表れる。それに気づかないとき、人は厚かましく、粗暴に、そして不誠実にさえなれる。

154

自分の行動の動機を知らずにいる者は、いわば自身とは無縁の他人である。おそらくそこから、自己妄想の異常な力——自分自身を説得して何かをさせる力が生まれてくる。彼ら自身の情熱的な言葉が外部の宣伝者の言葉のように、彼らの魂に影響を及ぼすのだ。

155

絶えず自己改宗の努力に追われているように見える人たちがいる。誰かに向かって話すにせよ、書くにせよ、結局、彼らの相手は彼ら自身でしかないのだ。確信、熱狂、幻想へと自らを駆り立てるために、彼らは絶えず口を動かし、ペンを走らせる。

156

独善のもつ主たる汚点はその不正義にではなく、感受性の欠如にある。許しを乞わねばならない自身の内なるものに気づいていない、あの独善の盲目さに比べれば、自己寛大の甘さなどはるかに無害である。

157

自己認識の欠如は、われわれを見え透いた存在にする。自己を知る魂は不透明である。知識の木の実を食べた後のアダムのように、自己を知る魂は裸体と羞恥を覆い隠すイチジクの葉のように言葉を使う。

自己観察

158
われわれは自分自身を見通すときにのみ、他人を見通すことができる。

159
自分自身の心が読めない人は、真の教養人とはいえない。

160
最も感受性に富む者でさえ、最も感受性の乏しい者が他人を観察するようには、自分自身を観察しえない。

アフォリズム

161

厳密な科学用語によってわれわれの精神生活を語ることは、おそらく不可能であろう。科学用語によって、人は自らを笑ったり、憐れんだりできるだろうか。われわれの精神生活を語るためにあるのは、詩かアフォリズムかのいずれかである。後者のほうが、おそらくより明確であろう。

未来への信仰

162

個々の時代がそれぞれ特有の神を要請するというのは、おそらく真実であろう。人びとが、はるか彼方の天国にいる見えない神を信じる時代もあれば、見える神を必要とする時代もある。われわれの時代は、ヒトラーやスターリン、ファーザー・ディヴァイン〔一九三〇年代にアメリカ全土に広がった新興宗教の教祖〕のような目に見える有形の神を必要としているようだ。

この有形の神を求める原始的要求は、未来への信仰の欠如と何らかの形でつながっているのではなかろうか。見えない神を信仰した最初の民族である古代ユダヤ人には、生き生きとした未来への信仰があった。古代民族のなかで唯一、古代ユダヤ人は、現在と過去にまさる未来を期待した。「未知なるものを求めて」希望を抱くとき、明らかにわれわれは、未知なるものを信じることができる。われわれが崇拝すべき偶像を必要とするのは、おそらく現代の絶望的な状況を示す兆候であろう。

163

忍耐強い世代もあれば、そうでない世代もある。時代間の相違を決定的にするのは、この違いである。「いつかは」という言葉が、心安らぐ約束の効果をもつ時代もあれば、反感と軽蔑の感情を呼び起こす時代もある。

164

いざ跳躍しようとするとき、足場を気にする者は誰もいない。自分の位置の安全性を気にしはじめるのは、跳躍すべき場所がないときである。成功を手にする者は、安全性を気にしない。

165

未来への信仰をもたないとき、われわれは未来を予測できるように自分の人生を編制しようとする傾向がある。自身の存在を確固たる型にはめこむか、安全を確保するためにあらゆる自衛手段を講じる。安全への渇望は、予測可能性の必要から生じる。そして、その激しさは未来への信仰に反比例する。

＊＊＊

166

不平不満をもつことは、人生に目的をもつことである。不平不満は、希望の代替物のようなものとして機能しうる。そして、希望に飢える人びとは、自分に不平不満をもたらす人間にたやすく忠誠を誓う。

167

わずかな悪意がどれほど観念や意見の浸透力を高めるかは、注目に値する。われわれの耳は仲間についての冷笑や悪評に、不思議なほど波長が合うようだ。

168

人生を充実させ、目的と価値の幻想を作り出すさまざまな方法のうち、一連の義務への自発的服従ほど効果的なものはなかろう。日々義務を果たすことから得られる満足感は非常に大きなものであり、人はさらに義務を増やし、嬉々としてそれを果たそうと努めるのだ。

169

アメリカ人

大衆の画一性には、ある種の壮大さがある。流行、ダンス、歌、スローガン、洒落などが野火のようにアメリカ大陸の端から端まで広がり、一億もの人間が大笑いしたり、一緒に身体を揺らしたり、同じ歌を口ずさんだり、怒りと告発の叫び声をあげたりするとき、われわれは、この国がかつてないほど兄弟愛に近づいたのではないかという圧倒的な感慨を覚える。

170

アメリカ合衆国では、階級の境界が曖昧なだけでなく、教育や財産、職業、精神的・肉体的資質の相違にかかわらず、人びとを平等化する何かが機能している。教育のある者もない者も、金持ちも貧乏人も、軍人も民間人も、老人も若者も、男も女も、企業経営者も労働組合の指導者も、正気な人も狂人も、(万人によって濫費される医薬品の量を考慮すれば)健康な者も病人も、その違いは比較的わずかである。

171

アメリカ人の知性を測るには、彼らと話しても無駄である。一緒に仕事をしてみなければわからない。あたかも十七世紀のフランス人が格言とアフォリズムを磨いたように、アメリカ人は、たとえそれが陳腐なものであっても、ものごとを行なう方法を磨き洗練する。

172

アメリカ人の浅薄さは、彼らがすぐハッスルする結果である。ものごとを考えぬくには暇がいる。成熟するには暇が必要だ。急いでいる者は考えることも、成長することも、堕落することもできない。彼らは永久に幼稚な状態にとどまる。

173

押しボタン文明というものは、成長による変化——静かに、ほんの少しずつ進行する変化を感知できない。驚くべきは、神学者もまた、成長による発展を感知できないことである。彼が抱く創造と変化についての観念は、技術者や革命家のそれに劣らず、押しボタン式なのだ。

174

移動し続ける者は、ホームシックにかかっている。ヨーロッパから放逐されアメリカ大陸に上陸した何百万という人びとは、うまく移住できる世界市民的なタイプではなかった。彼らは、生涯ホームシックのまま、西へ西へと移動し続けた。

約束の地へのホームシックに苦しむユダヤ人は、二千年間も移動し続けてきた。

＊＊＊

175

非同調主義者は、同調的な人間よりも一定した型をもっている。現在に生きる人間で、他の時代や文明の人間と最も顕著な違いを示しているのは、平均的な人たちである。現在の反抗者は、あらゆる時代と地域に見られる反抗者の双生児にすぎない。

176

自由を測る基本的な試金石となるのは、おそらく何かをする自由よりも、何かをしない自由である。全体主義体制の確立を阻むのは、差し控え、身を引き、やめる自由である。絶えず行動せずにはいられない者は、活発な全体主義体制下に置かれようとも不自由さを感じないだろう。実際、ヒトラーは説教によって将軍、技術者、科学者を掌握したわけではない。彼らが望む以上のものを与え、限界に挑戦するよう奨励して、彼らの支持を勝ちとったのだ。

177

自分自身と競争し、現在の自分を過去の自分と対戦させるとき、われわれは過去の不幸や汚点によって勇気づけられる。そのうえ自身との競争は、仲間に対する博愛心を損なうこともない。

178

他者への没頭は、それが支援であれ妨害であれ、愛情であれ憎悪であれ、つまるところ自己からの逃避の一手段である。奇妙なことに、他者との競争――他人に先んじようとする息もつかせぬ競争は、基本的に自己からの逃走なのである。

179

未曾有の状況下で知識や経験が役立たないとき、無知で未熟な者のほうが状況にうまく対処できる。未知のものや未試用のものは、いわば不適応の状況に対して特別の適応性を示すからである。

180

文学であれ、芸術であれ、音楽であれ、新しい表現形式を発見したり工夫したりするのは、往々にして最も才能のない者たちである。新しい表現形式を模索するとき、しばしば、人は表現すべき新たな内容を何ももたないという事実をごまかそうとしている。しかしながら、ひとたび新しい形式が作り出されると、才能豊かな者がそれをとらえる。そして、そのときはじめて、新しい手法が力と美と独創性を獲得する。

新しい土地、新しい事業、新しい表現形式の開拓者は、多くの場合、失敗者である。

181

成功よりも申し分のない言い訳を見つけ出すことに魅力を感じる人が多い。というのも、成功は最終的な解決をもたらしてはくれないからである。われわれは依然として、日々新たに自分の価値を証明しなければならず、昨日と同じくらい今日もよいことを証明しなければならない。しかし、何の実績も示さなくてよい口実を見つけだせば、いわば人生の地歩を固められる。そのうえ本を書かなくても、絵を描かなくても許される口実を見つければ、最高の本を書く必要も、最高の絵を描く必要もなくなるのである。ただし、よい口実を見つけることに費やされる労力とそれにともなう苦痛が、すばらしい業績を作り上げるのに必要な努力と苦悩を凌駕することも、ままあるのではなかろうか。

182

あれやこれやにもっと深い理由があると言うとき、たいてい、われわれは価値の乏しい理由について語っている。そこにある醜悪なものや下劣なものから目をそむけようとしているのである。しかし、深い洞察や深遠な言辞というものは、概してそうした痛いところに触れているものだ。

183

恐怖心と罪悪感は、ふつう密接に結びついている。罪悪感をもつ者は恐れ、恐怖心を抱く者は罪悪感をもつ。傍観者の目にも、脅えている者はやましく映る。

184

強烈な猜疑心には、一点の懐疑主義も含まれていない。猜疑心とは疑うことというより、むしろ信じることである。つまり、すべての人間にはびこる恐るべき根絶不能な邪悪さを信じることである。

185

われわれは自分に都合のよい結果をもたらしそうなときだけ、他人の見解に敬意を払うようである。

いかに行動しようが、世論が自分を敵視していると信じ込んだ黒人は、他人の思惑など考慮しない、わがままな社交界の淑女のように振舞う。

186

控えめな言葉によって明晰に考えることは、不可能である。思考とは誇張のプロセスである。誇張の拒否は、思考や称賛をしないことの言い訳である場合が多い。

187

われわれが純然たる生存競争に専心するとき、舞台の中心を占めるのは自己である。自己そのものが、いわば聖なる大義なのだ。そのとき、無私無欲は無意味なものとなる。自己放棄の熱狂が高まりうるのは、肉体的生存競争の必要がなくなったときだけである。

188

他人の知恵は、われわれ自身の血でなぞられないかぎり、無味乾燥なものにとどまる。われわれは、本質的に世界から切り離された存在である。食いつかれ、引っかかれて、はじめて世界を意識できるのだ。

189

世界がわれわれの魂に指を突き入れるとき、時折、その根底に触れることがある――その凝縮した、実在する、明確なものに。そして、それがまぎれもない嫌悪、歓喜、悲哀、憐憫、恥辱、欲望のいずれであろうと、われわれは漠然とした満足感を得る。われわれは自分のすべてが偽物でもなければ、見せかけでもないということを、そして、自分の内面にも眼の色や鼻の形と同じくらい本質的に独自のものがあるということを知って満足する。というのも、われわれは自分の信念、感情、趣味、欲望の純正さについて決して確信をもてない。そして、自分が「外観を装っている」のではないかという疑念から解放されることも、めったにない。だからこそ、われわれは自分の内部に自生的なものを見つけて、自分が独自の存在だという満足感を得ようとするのである。

190

恥ずべき行為から生まれる屈辱感は、ふつう長続きしない。たいていの人は、四十八時間もすれば忘れてしまう。しかし、すぐに消えうせるとしても、屈辱感は健全な精神にシミと汚れを残す。その結果、自己蔑視の底流がしだいに、われわれの内部を浸食しはじめ、やがて他者に対する反感や憎悪となって漏出する。われわれが、罪責感によって内面に押しやられた憂鬱や落胆に気づかされるのは、自分自身に満足すべき特定の理由をもつ、ごく稀な瞬間においてのみである。

191

秘密主義は、プライドの源泉になりうる。逆説的なことに、秘密主義は自慢と同じ役割を果たす。双方とも仮面を作り上げるのだ。自慢は架空の自己を作り上げようとし、秘密主義は従順なふりをする王子様になったような昂揚感を与えてくれる。二つのうちむずかしいが効果的なのは、秘密主義である。というのは、自己観察力のある者にとって、自慢は自己蔑視の種となる。他方、スピノザが述べたように、「人間にとって自分の舌ほど自由にならぬものはなく、自分の衝動ほど制御しにくいものはない」からである。

192

自分がすでに犯したか、これから犯そうとしている罪を理由に他人をとがめることによって、われわれは自分に向けられそうなあらゆる非難を無効にする。そして、告発状の常套句に、不誠実と不信の特質を付け加える。

193

今日したり感じたりすることが、明日かくありたいと願うものとそぐわないとき、旅路の果てに希望と出くわしても、困惑し、敵意さえ抱くことになろう。希望の実現のために戦っているときでさえ、往々にして人が希望を放棄するのは、このためである。

194

身のまわりにいる人たちとは違う人間になりたいという欲望は、周囲の人たちから実際に、あるいは想像上、拒絶された結果もたらされる。

われわれは、多くの場合、自分がなることができないものに憎悪をむける。切望しながら獲得できないものに対して、自衛手段を講じるのである。

195

われわれの内面には、堕落への密かな渇望がある。あたかも個人的存在に内在する限界、耐えがたい恐怖、苦痛から逃走するように、われわれは堕落を切望する。

196

人生の舵取りは、金庫の数字合わせのようなものである。つまみをひとひねりしても、金庫が開くことは稀である。前進と後退のそれぞれが、目標へ向かう一歩なのだ。

197

保守主義は、往々にして不毛性を示す一兆候である。成長し発展しうるものが内面にないとき、人はすでにもっている信条、観念、財産にしがみつく。不毛な急進主義者もまた、基本的には保守的である。彼らは自分の人生が空虚で無駄なものだと見られたくないため、青年期に拾いあげた観念や信条から脱皮するのを恐れている。

198

われわれは、たいがい自分がいくら望んでも優越性を獲得しえない問題において、声高に平等を求める。ある人が真に切望しながら獲得できないものを知るには、その人が絶対的平等を主張している分野を見つければよい。この審査によれば、共産主義者は挫折した資本家にほかならない。

199

人びとをある作法に従わせたければ、舞台を用意して、スタートの合図を出さねばならない。これは、われわれ自身の場合でも同様である。意図的に演出された身ぶりや演技、シンボルが、いかに人の心に影響を及ぼすかは語りつくせないだろう。演じることは、多くの場合、真正なものを獲得するうえで不可欠な一歩である。それは、真正なものが流れ込んで固まる鋳型なのだ。

200

衝動的な寛容とか、自然な寛容とかいったものがあるかどうかは疑わしい。寛容は思考と自己抑制の努力を必要とする。そして、親切な行為も、熟考や「思慮深さ」なしには、めったに存在しえない。だから、欲望と利己主義の制限を意味する行為や態度から、ある種の作為性や心構え、見せかけを切り離すことはできないように思われる。

善良で礼儀正しいふりをする必要を感じない者には、注意すべきである。そうした偽善の欠如は、最も堕落した冷酷無情の能力を暗示しているからである。

201

人間がかくも魅惑的な被造物たるゆえんは、その皮相さにある。人間のもつ高貴さと下劣さ、憎悪、愛情、献身はいずれも皮相なものである。人間の能力が突如として急激な変貌をとげるのは、彼の態度を形作る複雑な複合分化と緊張が、すべて表層的な現象だという事実に由来する。

202

われわれはおそらく自分を支持してくれる者より、自分が支持する者により大きな愛情を抱くだろう。われわれにとっては、自己利益よりも虚栄心のほうがはるかに重要なのだ。

203

臆病であることが世間に認められるようになると、弱者、強者を問わず、夥しい数の追従者が現れるであろう。それはいとも簡単に、ひとつの流行になってしまうのだ。

204

人類の兄弟愛を主張する者は、あらゆる戦争を内戦のように戦う。

205

最も自己忘却を必要とするのは、極度に利己的な人びとである。彼らがものごとを情熱的に追求する性向をもつのは、このためである。

206

死は、それが一ヵ月後であろうと、一週間後であろうと、たとえ一日後であろうと、明日でないかぎり、恐怖をもたらさない。なぜなら、死の恐怖とはただひとつ、明日がないということだからだ。

207

われわれが急進主義に身を投じるのは、多くの場合、成長する時間がないからではなく、成長する能力を疑っているからである。

208

他人に追いつくことに人生を捧げるように生まれついた人がいる。彼らは、たいてい情熱的な人間である。

209

愚かさとは、必ずしも単なる知性の欠如ではない。それは堕落の一種でもありうる。善良な心の持ち主が、本当に愚かになりうるかどうかは疑わしい。

210

最も対処がむずかしいのは、利己心や虚栄心、欺瞞ではなく、純然たる愚かさである。愚か者を扱うには、調教師の才能を必要とする。

211

孤独な生活とは、一部の人びとにとって他者からの逃避ではなく、自己からの逃避である。彼らは、他人の目に自分の姿を見るのである。

212

謙遜とは、プライドの放棄ではなく、別のプライドによる置き換えにすぎない。

213

情熱的な人間は、一般に文化的創造力をもちあわせていない。しかし、歴史を作るのは、彼らだけである。

214

利己主義とは、往々にしてわれわれが自己を守り再活性化するための一時的な養生法である。

215

ある人の信じる宗教を知るのに、彼の信仰告白に耳を傾ける必要はない。彼のもつ不寛容の銘柄を見つければよい。

216

半ばの真理に悪意という数滴の毒液をたらしてみたまえ。そうすれば、絶対的な真理が得られるだろう。

217

われわれが最も大きな仮面を必要とするのは、内面に息づく邪悪さや醜悪さを隠すためではなく、内面の空虚さを隠すためである。存在しないものほど、隠しづらいものはない。

218

われわれを本当に説き伏せるのは、欲望、恐怖、とりわけ虚栄心である。巧妙な宣伝者は、こうした内面の要素を呼び起こし、操るのである。

219

人間は理性にほえたてられ、欲望にふりまわされ、恐怖にささやかれ、希望に招き寄せられて、よろめきながら人生を生きる。だから、人間が最も強く切望するのが、自己忘却であっても不思議はない。

220

明白なものを詳細に説明することは、多くの場合、それを疑問に付すことである。

221

人はしたいことをしないとき、したくないことをするときと同じくらい、うんざりするものだ。

222

敵が最も恐れているものを知るには、われわれに対する脅迫手段を観察すればよい。

223

失敗者の孤独ほど大きな孤独はない。失敗者は、自宅においても他人である。

224

不可測性もまた、単調になりうる。

225

ある人びとから憎悪を取り除いてみたまえ。彼らは信念なき人間になるだろう。

226

自分が愛されていると信じるには、かなりの自惚れが必要である。そうした自惚れを与えてくれるのは、ごくわずかな人たちだけである。

227

真の預言者とは未来を見通す人ではなく、現在を読み解き、その本性を明らかにする人である。

228

すべてが可能な場所では、奇跡が陳腐なものとなり、見慣れたものが自明でなくなる。

229

われわれは与えることは好むが、失うことは嫌う。われわれの愛憎を決めるのは実質的な損得ではなく、自尊心の得失である。

230

単純なことを理解することは、決して単純ではない。

231

「何者かでありつづけている」ことへの不安から、何者にもなれない人たちがいる。

232

われわれは夢を叶えてくれる人に対して、実際には感謝の念を抱くことはない。なぜなら、彼らがわれわれの夢を壊すからである。

233

平衡感覚がなければ、よい趣味も、真の知性も、おそらく道徳的誠実さもありえない。

234

他人を見て何をすべきかを知る者もいれば、何をすべきでないかを知る者もいる。

235

人生の秘訣で最善のものは、優雅に年をとる方法を知ることである。

236

あらゆる贈与には、壮大な盗みが含まれている。ある人のすべてを貰い受けるとき、われわれはその人の物となる。

237

世界はわれわれ次第である。われわれが落ち込むとき、世界もうなだれているように見える。

238

われわれは、たいてい探し求めているものだけを見ている——そこにないときでさえ、時折それを見てしまうほどに。

239

われわれを放棄と破壊へと駆り立てる熱情は、否定の熱情ではなく、主張の熱情である。聖像破壊者は、往々にして偶像崇拝者よりも偶像崇拝的である。

240

ものごとを隠蔽するための手段が、逆にそれを広く宣伝してしまうこともある。

241

粗暴さとは、弱者による強さの模倣品である。

242

逃避するとき、われわれは自由を感じる——たとえ小難を逃れて、大難に陥るとしても。

243
われわれは一緒に憎むことによっても、一緒に憎まれることによっても結束する。

244
崇拝しえない者は憎悪もしえない。信仰心をほとんどもたない者もまた、憎しみをもたない。

245
憎悪は、しばしば希望の言葉を語る。

246
自尊心と自己蔑視は、特別の臭いをもっている。それらは臭いによって嗅ぎ分けられる。

247

希望に満ちた人が悲劇的人物になりえないというのは、おそらく本当であろう。

248

すでに名声を勝ち得ている者をいくらか貶められるとき、われわれはいとも簡単にその人を称賛する。

249

ささいな不快感のほうが、大きな犠牲よりも耐えがたいものである。というのも、後者が現在の誤りを証明するのに対して、前者は現在を悪化させるだけだからである。

250

人は見た目以上に頭脳明晰で、見た目ほど神経質ではないと思えば、ほぼ間違うことはない。

251

しゃれた悪人になるには、おそらく、しゃれた善人になるのと同じくらい努力が必要だろう。

252

熱中すればするほど、心は失われていく。何かに全霊を傾けるとき、われわれは、いわば心なき状態に陥るようである。

253

いまやすべてを知りつくしたわれわれは、人間の精神を破壊する術をも修得してしまった。

254

われわれは、人間の肉体には崇敬の念らしきものを抱いているが、人間の精神への強姦についてはまったく関心をもたないようだ。

255

恐怖と自由は、互いに相容れない。

256

自己探求の代用品として役立つものは、やがて自己偽装のために役立つ。

257

前進への情熱は、往々にして取り残されるのではないかという不安から生まれる。

258

模倣には、平等を求める情熱がひそんでいる。他人と同じように何かをすることは、取り残されないためのあらゆる保険に加入することである。

259

人びとを結束させるのは、主としてその共通性である。

260

プロパガンダが人をだますことはない。人が自分をだますのを助けるだけである。

261

人間の考えることの多くは、自らの欲望の宣伝である。

262

一人で生きる人間は、悪い仲間とつきあうことになる。

263

恨みから解放されたときだけ、苦悩は拭いさられる。苦しみを与える人を心から軽蔑すれば、苦渋と憎悪によって魂が切断されるのを防ぐことができる。

264

失望とは、一種の破産——つまり、希望と期待に多くを費やす魂の破産である。

265

賢明な生活とは、おそらくよい習慣を身につけることよりも、習慣をできるだけもたないことにあるだろう。

266
思考の始まりは、意見の不一致にある。他者だけでなく、自分自身との不一致である。

267
待つことは、時間に重みを与えることである。

268
老人にとって新しいことは、たいてい悪い知らせである。

269
成熟した大人のもつ無邪気さは、大体において魅力的である。しかし、それが虚栄心と結びつくとき、愚かさと区別できないものとなる。

270

放蕩がはびこるのは、社会の荒廃の原因であるよりも、むしろその結果である。

271

自己浪費は、ときに自分が無価値であることをごまかす方法である。それによって、われわれは、浪費に値するものがあるかのように見せかけることができる。

272

模倣は、多くの場合、われわれを頼りない優柔不断な自己から脱皮させる。模倣なしには、信心も熱中もヒロイズムもありえない。

273

自分自身への信仰は、他のすべての信仰と同様に、同意のコーラスを必要とする。

274
ハッピーエンドほど最終的な結末はない。

275
他人を愛する最大の理由は、彼らがまだわれわれを愛しているということである。

276
偉大な人間にとって最大の幸運は、死に時を得ることである。

277
われわれは苦痛を与えるとき、それがたとえ自分自身に対してであっても、権力意識をもつ。

278

誰かに同意するということは、その人と一緒に憎悪する機会の多さを意味している。

279

過去の不幸の記憶を大切にするのは、よいことである。それは、いわば不屈の精神の銀行をもっているようなものである。

280

幸福を探し求めることは、不幸の主要な原因のひとつである。

人間の条件について

リリーに捧ぐ

第1章　龍と悪魔のはざまで

1

未完の動物

自然は完全なものだが、人間は決して完全ではない。完全なアリ、完全なハチは存在するが、人間は永遠に未完のままである。人間は未完の動物であるのみならず、未完の人間でもある。他の生き物と人間を分かつもの、それはこの救いがたい不完全さにほかならない。人間は自らを完全さへと高めようとして、創造者となる。そして、この救いがたい不完全さゆえに、永遠に未完の存在として、学びつづけ成長していくことができる。

完全さには、どこか非人間的なところがある。熟練者の仕事は、われわれの目には本能的かつ機械的なものに映る。技術の習得にかける努力はこの上なく人間的なものであるが、技術の完全な習得は非人間的なものへの接近である。これはひとつの逆説である。人間を完成されたものにしようとする者たちは、結局、人間を非人間的なものに変えてしまう。

2

人間の創造性の源泉は、その不完全さにある。人間は、自らの欠陥を補うために創造力を発揮する。人間は、特殊器官の欠如からホモ・ファーベル（武器や道具の製作者）に、生来の技術のなさからホモ・ルーデンス（演奏家、職人、芸術家）になり、動物がコミュニケーションの手段としているテレパシー能力のなさを補うために言葉を話すようになった。そして、本能の不十分さを補おうとして思索者になったのだ。

3

4

人間は自然が誤って作り出したもの――完成させることを忘れた代物であり、人間の出現以来、自然はこの誤りの代償を払い続けている。人間は自らを完成させようとして、背後に横たわる自然の不変の法則から逃れ、自然の最も恐るべき敵となったのである。

5

人間は本能の不完全さゆえに、知覚から行動に移る間に、ためらいと模索のための小休止を必要とする。この小休止こそが理解、洞察、想像、概念の温床であり、それらが創造的プロセスの縦糸となり横糸となる。休止時間の短縮は、非人間化を促す。それは精神病患者の場合と同様に、高度に熟練した専門家や独善的なトゥルー・ビリーヴァー（確信者）についても当てはまる。

鉄の規律も盲目的な信念も、行動を起こす前のためらいを排除しようとする。一方、人間化と文明化をもたらす規律は、衝動と実行との間隔を広げようとする。

芸術は人間化をもたらす。なぜなら、芸術家は模索し、自らの道を見つけなければならず、終わりなき修練に従事しなければならないからだ。

6

人間を自然に帰すこと——岩石や植物、動物にしてしまうことは、人間を機械に変えるのと同じくらい非人間化することである。自然なものであれ、機械的なものであれ、それらは人間固有のものの対極にある。自然はそれ自体が自製の機械であり、いかなる自動機械にもまして完全に自動化されている。自然を雛型にして何かを創造することは、機械を作ることであり、人間は自然の内部作用を学ぶことによって、機械の工作者となった。動物を飼いならし植物を栽培したとき、明らかに人間は、食糧と権力と美を生産する自製の機械を手に入れたのだ。

7

動物は、しばしば情熱的な機械のように見える。

8

産業の自動機械化は近代化だが、生命の自動機械化は原始化である。自然を従順で柔軟なものにするとき、人間は神に近づく。しかし、人間存在を自分の意のままに変形できる非人間的なかたまりに変えるとき、人間は神から遠ざかる。なぜなら、粘土を人間に変えたのが神である以上、人間を変形可能な粘土に変えるのは、神に背く行為だからだ。

自然

9

自然の非情さは、われわれを驚愕させる。自然が目的遂行の際に見せる巧妙さと精確さを目の当たりにしたときは、なおさらである。たとえどれほど時間がかかろうとも、いかなる犠牲を払おうとも、偶然の力は最も明晰な精神のみが作りうるものを完成させる。われわれにはその力は到底信じがたいものに思われる。まったくの偶然が目的を成し遂げるメカニズムを信じるよりも、神の存在を信じるほうが容易である。

10

自然はつねに理性的である。自然から引き出される回答はすべて、厳密で論理的である。風が竜巻になるのは、非理性的な狂気ではなく、数学的に精確なプロセスによる。精神をもたないものがつねに理性的であるのは、逆説的であるように思われる。狂人を意味する俗語が「メンタル」であることは、非理性的なものの根源が精神の中にある、つまり、それが知性に対する反動であるという事実を反映している。

非人間化の道具

11

大衆運動は知性を閉め出し、人びとを予測可能で非情な機械にするために、非合理性を利用する。スターリンとヒトラーが魂を機械化する装置として用いたのは、盲目的な信仰にほかならない。

12

われわれは、機械の人間性を奪う効果について多くを聞かされている。実際、スターリン＝ヒトラー時代の大規模な非人間化は、イデオロギー機械のなせる業であった。しかし、ロシアでは機械よりもむしろ教条主義的な装置のほうがうまく機能している。

13

人間を天使に変えようとする救済者は、人を操り人形にしようとする全体主義的独裁者に劣らず、人間性を憎悪している。

絶対権力と絶対信仰は、互いに酷似している。両者に共通するのは、絶対的な服従の要求、不可能なことに挑む覚悟、結び目を解きほぐすのではなく切断しようとする単純な解決への性向、妥協と降伏の同一視、人びとを操り「流血のともなう実験」を試みようとする傾向である。絶対権力と絶対信仰はともに、非人間化のための道具である。それゆえ、絶対信仰は絶対権力と同様、絶対的に腐敗する。

14

狂信者は、科学者が問題を処理するように人間を扱う。フランシス・ベーコンによる自然支配のための処方箋「自然は服従することによってでなければ征服されない」は、イグナティウス・デ・ロヨラ［イエズス会の創立者］による人間操作のための定式「あなた自身の目的につながる他人の進路を行きなさい」に驚くほどよく似ている。

15

一個の動物や神、機械、あるいは物理化学的な複合体として眺めてみると、人間とはまったく魅惑的な被造物である。人間がありふれた何かにたとえられるときほど、珍しいものに見えるときはない。人間が魅惑的な被造物であることを忘れることは、人間の最も重要な特徴を無視することである。

人間の最も魅惑的な発明である神を見よ。人間は自身の願望を、つまり自らの理想像を雛型にして神を作り上げ、その像を模倣し、それと競い合い、そしてその克服のために奮闘してきたではないか。西洋において、神への反抗は思いがけないエネルギーを解き放った。それは近代西洋の社会と個人に決定的な影響を及ぼし、一度は熱狂的に崇拝された神の拒絶であり簒奪でもあった。

16

信仰を放棄するとき、われわれはそれを捨てずに飲み込んでしまう。放棄した聖なる大義の代わりに自己をあてがうのである。その結果は個人の衝動の鎮静ではなく、激化である。

17

信条は放棄できるが、信じたという事実は拭いされない。

18

龍と悪魔／魂の錬金術

人間は自らを雛型にして神を作ったが、悪魔は何を雛型にしたものであろうか。蹄や尻尾や角をもつ悪魔は、明らかに人間の姿を装う野獣である。では、悪魔は自然を人格化したものなのか。一方に神と人間が、他方に悪魔と自然があって、互いに対立しているのだろうか。

人間が自然を畏怖し、それを無情で神秘的な運命とみなして生きているところでは、自然は悪魔としてではなく、龍として人格化されているという事実は重要である。龍は動物世界の恐るべき強さと神秘的な能力の合成物である。さまざまな動物の部分をつなぎ合わせると、必然的に龍のような存在ができあがるだろう。人びとを脅えさせるようなものを描きたいと願った若きレオナルド・ダ・ヴィンチは、入手可能なあらゆる種類の生き物を部屋にもち込み、合成動物を描こうとした。その様子を、ヴァザーリ〔イタリアの伝記作家〕は次のように語っている。「彼が作り上げた動物は、ぞっとするほど恐ろしく、その吐き出す炎は毒ガスを含んでいるように見えた。それは、黒い岩の割れ目から出現しており、顎から毒液を垂らし、目から火を、鼻から煙を出していた。まったく怪物のように恐ろしい生き物だった」。時の流れの中で、龍は人間が属さない宇宙全体の脅威と神秘を具現化するようになる。岡倉天心は言う――「龍は嵐の雲にのっては自らを解き放ち、沸き返る波の暗黒の中にたてがみを洗う。その爪は雷光のように裂け、その鱗は雨に洗われた松樹の肌のように輝き始める。その声は、……疾風の中にきこえる」。自然を畏怖する社会は、力と自然を同一視する傾向があるため、万能の個人（皇帝、専制君主、戦士、魔術師など）に龍の属性を付与したのだろう。このように悪魔とは反対に、龍は野獣を装う人間なのである。

龍は、悪魔よりもはるか昔に作り出された。その最初の表現は、トワフレー洞窟の魔術師の絵である。この旧石器時代後期の絵は、トナカイの角、オオカミの耳、フクロウの目、熊の足、馬の尻尾をもつ合成動物である魔術師の姿を描いている。

一方、悪魔は自然ではなく、その創造者である神ヤハウェと同時期に作り出された。進んだ技術をもつ前に自然への畏怖を失ったにもかかわらず、そのことを逆に「地上を征服する」人間の仕事の始まりだと解したのは、古代ヘブライ人の偉業である。そして、ヤハウェと強力な技術に支えられ、人間が自然に対して尊大な態度をとるようになると、悪魔が出番を見つけ、龍の場所を占拠した。悪魔とは周囲の自然ではなく、われわれの内なる自然――われわれの内面、潜在意識の穴蔵にいまなお巣食っている、途轍もなく残忍で狡猾な人類出現以前の生き物を人格化したものなのである。

自然が優位にある西洋以外の場所では、龍はいまだに最高の存在だが、西洋自体は悪魔の領域になっている。

衣服が発明される以前にエデンの園に最初に悪魔が現れたとき、何もまとわずにやって来て、人間の楽園追放を企てたということは興味深い。最近の悪魔は、最新のファッションで着飾り、最新の聖句を引用している。

現在に生きるわれわれは、龍を殺したことが、悪魔との長く絶望的な闘争の幕開けであったことを十分に認識している。科学者と技術者の勝利は、精神科医と警察官が活躍するための舞台を設定している。われわれはまた、自らの内面の最も人間的なものと最も非人間的なものとの緊張関係を利用し、創造的な努力の中で魂を張りつめることによってのみ、悪魔に対処できるということも知っている。

19

人間の本質の深奥を掘り下げていくと、決まってその内面的な卑劣さを示す恥ずべき証拠に突き当たる。歴史家フリードリッヒ・マイネッケは、偉大な文化的価値の邪悪で不純な起源に当惑し、「神は自らを具現するために悪魔を必要とした」のではないかと記している。しかし、人間の起源について考察するとき、驚くべきは、われわれが重きを置く価値の根源にひそむ邪悪さではない。むしろ衰えを知らない悪意と残忍さを、慈善心、愛、天国へ行くという理想へと転化する魂の錬金術である。なぜなら、後に人間へと進化する人類出現以前の生き物は、他のいかなる生き物とも異なり、自分の種に対する悪意に満ちた残忍さをもっていたからである。もしおしゃべりや笑い、踊りによる社交の変化がなかったならば、おそらく人類は絶滅していたであろう。人間化とは飛躍ではなく、生き残りへの模索だったのだ。原罪の根源は人間の起源にあり、われわれは悪魔の子孫である。人類にとって人間がいまなお最も恐るべき敵である以上、人類の生き残りは、いまだにさらなる人間化に委ねられている。

完全な人間になるまで、われわれは誰しも、ある程度まで悪魔——つまり、人間を装う野獣なのである。

20

笑いの始まりは、おそらく他人の不幸に対するほくそ笑みだったにちがいない。笑いの際にむき出しになる歯が、その野蛮な起源を暗示している。動物は悪意をもたないがゆえに、笑うこともなければ、他人の不幸や災難を喜ぶ気持ち（*Schadenfreude*）がもたらす突然の恩恵に浴することもない。笑いのもつ伝染性こそが、人間の相互関係を媒介してきたのだ。

野獣は野獣のように残忍ではない。非人間化のもたらす害悪は、それがわれわれを動物に変えてしまうことにあるのではなく、進化以前の悪意に満ちた怪物に変えてしまうことにあるのだ。

21

五感を超える能力――テレパシーによる伝達と見えないものを感じる力は、動物的な特質である。邪悪な意図を感じとる能力の鈍化なしに、人間化の過程の始まりである情熱的な社交の変化が可能だったかどうかは疑わしい。誤解が生じるのは、人びとが互いを理解できないときではなく、互いの心中を察し、それを好まないときであるということは、いまなお真実である。かつてパスカルが恐れたように、もし人が自分に対する他人の考えを知ったならば、世界に友人は存在しなくなってしまうだろう。

22

自然界における錬金術は、魂の錬金術――人間の魂においては善と悪、美と醜、真と偽が絶えず相互に変化するという事実――から考え出されたのではないだろうか。錬金術師がある金属を別のものに変えようとしたとき、自然をあたかも人間性のように扱おうとしたのである。

23

核兵器による大量殺戮への恐怖は、西洋に龍を呼び戻したのだろうか。生まれながらに核兵器の脅威にさらされてきた世代は、自然に対する迷信的な畏怖の念を抱いているように思われる。若者の環境保護熱は、自然をなだめようとする熱望の表明にほかならない。同様に、占星術の迷信やアジアの擬似宗教の受容は、自然に対する態度の変化の表れである。

24

人間の内面にひそむ邪悪さを明確に認識することは、われわれの世界観にどのような影響を及ぼすのだろうか。

人間の本質について深く探究した人びとの多くは、敵意や嫌悪がわれわれの精神生活の合成物や複合物の中に充満する要素であるということを発見しても、過度に当惑することはなかった。モンテーニュ、ベーコン、ラ・ロシュフーコー、ヒューム、ルナンらは、人間の行動を形作る疑わしい動機をつきとめ、それを確認して、無上の喜びを得た。パスカルは、人間の魂の中で発酵する邪悪の醸造酒から慈善の衝動が蒸留されていることを、神の恩寵の証拠とみなした。ジョン・カルヴァンの場合、彼のもつ強烈な自己認識と熱烈な神への信仰の組み合わせが、一風変わった結果をもたらした。

カルヴァンにとって、純粋な善行などありえないということは、自明の事柄であった。「もし神の厳格な御判断によって吟味されれば、敬虔な人が行なった仕事のうち非難の余地のないものなどない」。嫉妬深く悪意と嫌悪に満ちた「わたし」は、他人の不幸を土台にして栄える。そして、この「わたし」こそが、美徳と信仰を支える基盤となる。それゆえ、カルヴァンは、善行によって救済を求めることはできないと断定せざるをえなかった。ここから、予定説という不合理な教説が生まれたのである。

25

すべての動機は疑わしく、社会的改善は長い目で見れば動機の純粋さよりも結果の質によって、より容易に達成される。この仮定に社会的実践の基盤を置くほうが、より賢明であるだけでなく人間的でもある。望ましい慣習の型を確立するほうが、正しい信条や動機を植えつけるより重要である。思考の善悪への関心は、原始的で迷信的な心性の表明にほかならない。

26

善と悪はともに成長し拮抗しつつも、未分化のまま存在する。われわれがなしうるのは、その均衡を善へと傾けようとすることだけである。

27

遊び

不完全な劣等動物である人間が、自然界において動物以上の存在になれたのは、弱点を利点に転化しうる非凡な天賦の才能による。人間の道具と武器は、特殊器官の欠如を補って余りあり、その学習能力は、生来の技術と器官の適応能力以上のことを成し遂げた。障碍を好機に変えるとき、人間がその独自性を最大限に発揮するということは、いまなお真実である。

人間の克服しがたい不完全さがもたらす最も決定的な結末は、人間の慢性的な未成熟、つまり、成長する能力の欠如と永遠の若さである。さまざまな自然の力や命を奪われかねない敵にさらされていた原初の人間は、あらゆることからつねに衝撃を受けていたに違いない。まわりの生き物は、すべて高度な装備で身を固め、容赦なく目的を追求していたからである。子どもじみた無頓着さをもつ人間だけが、必要以上のものを追求して、工作し、遊び、努力した。しかし、工作と遊戯、そして生存には必要不可欠でないものに対する思い入れこそが、すぐれた装備と明確な目的をもつ動物に対して、人間が勝利することを可能にした発明の源泉となったのである。

人間の台頭に大きく貢献した発明や実践の起源をたどると、ほとんどの場合、われわれは、非実用的な領域に到達する。多くの武器や道具は、もともと玩具だった。弓は武器になる前は楽器だったし、車輪は道具として使用される前は玩具であった。アステカ族は車輪をもたなかったが、彼らの玩具の多くは足にコロをつけていた。土偶は土器に先行し、装飾品は衣服より前からあった。最初に飼われた動物はペットだったし、穀物が栽培されたのは食糧確保のためではなく、ビールを造るためだったという説もある。ここ数百年の間に出現した機械の多くも、もともと機械仕掛けのおもちゃだった。

アルタミラ洞窟の天井に比類のない動物壁画を描いた旧石器時代の狩猟民たちは、粗末な道具しかもっていなかった。芸術は実用品の製作よりも古く、遊びは労働よりも古い。人間は、必要に迫られてしたことよりも、遊びでしたことによって形作られてきたのだ。人間の独自性と創造性の源泉は、その子どもじみたところに隠されているのであり、遊び場はその能力と才能を開花させる最適な環境なのである。

28

人間は贅沢を好む動物である。遊びと空想と贅沢を取り除いてしまえば、人間は生存可能な最低限のエネルギーしかもたない、愚鈍で怠惰な生き物になってしまうであろう。人びとがあまりにも合理的になったり、真面目になったりして、つまらないものに心を動かされなくなると、社会は停滞する。

29

遊び心がいかに実り多いものであるかを自覚すること——これこそが目標達成の原動力として憤怒を称揚する、疎外された者たちのプロパガンダに対する免疫となる。

30

社会が多くのことを達成するには、高尚な目的と輝かしい理想が必要とされるというのは、若輩の考えである。市場であれ、戦場であれ、玩具を欲しがる者たちは、往々にして比類ない進取の精神と攻勢を示してきた。思想と想像の世界において、動機と達成の間に対応関係を見出そうとする者は、創造的プロセスに無知なのである。

31

ロマンティックな恋愛観が性的欲求不満を母胎にして生まれるように、偉大な行為の根源に壮大な観念を見るロマンティックな歴史観は、自己顕示への満たされぬ情熱から生み出される。

学ぶこと

32

教育の主要な役割は、学習意欲と学習能力を身につけさせることにある。学んだ人間ではなく、学びつづける人間を育てることにあるのだ。真に人間的な社会とは、学習する社会である。そこでは、祖父母も父母も、子どもたちもみな学生である。

激烈な変化の時代において未来の後継者となりうるのは、学びつづける人間である。学ぶことをやめた人間には、過去の世界に生きる術しか残されていない。

33

若者が教えるのに忙しく、自ら学ぶ時間をもっていないということ、これこそ現代の病弊である。

34

活力

人間は自らを完成し「作り上げ」なければならないから、不可避的に人間における個体差は、動物に比して大きくなる。個人の画一化（*Gleichschaltung*）は、つねにいくらかの非人間化をもたらすが、明白な公益のために個人の特性を差し出すときでさえ、これは例外ではない。

動物の一生よりも人間の一生のほうが、大きな役回りを演じる機会が期待できるにちがいない。生き残りだけに関して言えば、他の生き物よりも人間のほうが、偶然に左右されることが少ない。多くの場合、社会は偶然の死から個人を守ろうとする。しかし、人生の道筋に関しては、偶然がすべてである。活力ある社会においては、偶然と先例が最大限に作用する。そして、才能のある者の多くはまた、幸運にも恵まれている。

35

人間は最も生気にあふれた生き物である。生気あるものとそうでないものを区別する特徴が最も顕著に現れるのは、人間の内面においてである。これは、本質的に人間に生気を与える創造性について、特に当てはまる。人間の創造性は自然の無作為に秩序を与え、構成要素を質的に超越する連関を構築する。そして、それは現在の環境のみならず、過去の記憶と将来の目標によっても換起される。

36

思いやり

人間のほとんどすべての高貴な属性（勇気、名誉、愛情、希望、信仰、義務、忠誠など）は、魂の錬金術によって無慈悲さへと変えられうる。そのなかにあって、思いやりだけが、われわれの内面で生じる善と悪との不断の往来から距離を置いている。思いやりは魂の抗毒素である。思いやりがあるところでは、最も有害な衝動でさえ相対的に無害のままでいられる。

自然は思いやりをもたない。ウィリアム・ブレイクの言葉を借りれば、それは「死を糧にして生き、うなり声をあげる。魚も鳥も獣も木も金属も石も、餌食を貪り食う」。自然は言い訳を許さない。それを知りうる唯一の懲罰は、死である。

37

人間は「この世の弱きもの」として生まれたが、「力あるものを辱めるため」に進化した。そして、人間という種においては、弱者は往々にして生き残るだけでなく、強者に打ち勝つための能力と装置を開発している。実際、人類の驚異は、弱者の生き残りに由来する。病弱者や障害者、老齢者に対する思いやりがなければ、文化も文明も存在しなかっただろう。部族の男たちが戦いに出ている間、背後にとどまらざるをえなかった不具の戦士こそ、最初の語り部であり、教師であり、職人であった。老齢者と病弱者は、治癒と料理の技術の開発にあたった。尊い賢人、発狂した呪医、癲癇症の予言者、盲目の吟遊詩人、才知に長けたせむしや小びとなどが、そうした人びとである。

38

人間に対する限りない、すべてを包みこむ思いやりをもってしても、巨大で激烈な変化の時代の明らかに解決不能な問題に対処することは、できないのではなかろうか。これまでのところ、社会が再出発をはかると、そこにはつねに悪魔がひそんでいた。

第2章　トラブルメーカー

39

トラブルメーカー

現在、いたるところで新しいものが生まれようとしている。受胎し、腹をふくらませた世界は陣痛に苦しみ、未熟なやぶ医者どもがあちこちで産科医のふりをしている。やぶ医者どもは、新しいものを産み出すには帝王切開しかないと口々に言う。彼らは世界の腹を引き裂こうと熱望しているのだ。

40

異議申し立てをする少数者が幅を利かせる余地があってこそ、社会は自由であるという。しかし、実際に異議申し立てをする少数者が自由を感じるのは、自分たちの意思を多数者に強制するときだけである。彼らが最も嫌悪するのは、多数者の異議である。

41

意識的に疎外される立場を選ぶ者は、甘やかされた子どものようなものである。疎外から解放されれば、人生は意味を、歴史は目的をもたねばならなくなり、万事が整えられねばならなくなる。実際、どんな疎外であれ、ほんの少し権力を与えてやりさえすれば、癒されるものである。

42

才能のない者はチャンスに恵まれた社会よりも、自分が成功できない説得力のある言い訳を与えてくれる社会を好む。豊かな社会においては、やかましく権力を要求する疎外された者のほとんどが、空前の自己実現の機会を活かせず、無力な自己との対決から逃れられない無能の人びとである。
ソヴィエトのスプートニク打ち上げ以降、アメリカ合衆国で過熱した教育熱は、風変わりな生活と奇行をしたがる変人願望をもつ一群を生み出した。それゆえ、現在、大学のキャンパスや知識人集団に、歴史を作ろうとする渇望が見られるのだ。

43

われわれは誰しも個人的な苦しみをいくつか抱えている。トラブルメーカーとは、私的な苦しみのために公的な救済を必要とする人びとのことである。

44

他人に施すものを何ももたない者が寛大さを唱え、断念するものを何ももたない者が放棄を説くとき、その誓約はヒステリックなものになる。

45

大衆の楽園・アメリカは、「ブタの天国」だと言われている。だとすれば、ヨーロッパは大衆が脱け出したブタ小屋である。

46

ネズミがまだまわりにいるという事実は、われわれを勇気づける——船は沈んでいないのだ。

47

目下のところ、示すべき真実をもつ人は、隠すべき嘘ももっているようである。

48

反体制知識人は、中産階級の社会、つまり、彼らが憎悪し懸命に破壊しようとする社会を最も謳歌している。彼らが最も忌み嫌うのは、知識層——世俗者と聖職者の教会の階層——によって支配される社会である。

49

反体制主義者は、目にするものすべてを疑問視するようだが、実際には陳腐な回答しかもちあわせておらず、新しい問題を理解することもできない。反体制文学において最も不快なのは、ためらいと懐疑の欠如である。

50

非同調主義者は、たいてい団体旅行をする。一人旅をする非同調主義者には、めったにお目にかかれない。非同調主義者の仲間内で非同調主義に同調しない者に災いあれ！

51

不信を理由に転向する者は、基本的に信心を必要とする人である。

アメリカ合衆国

52

アメリカ先住民ほどアメリカ合衆国を憎悪している者はいないように思われる。合衆国は愛され大事にされるために、つねに新しい移民を必要としている。

53

アメリカ合衆国の歴史は、その大部分が自由放任を望む人びとによって作られた。自由を与えられたときそれを活かせない者は、アメリカでは決して安らぐことはない。これは満たされた金持ちのみならず、知識人や慢性的な貧者、そしてある程度、黒人についても言える。

ためらい

54

人間の事象に固有の不完全さを理解している者が、全面的に何かに身を投じることは稀である。彼の一部が、不可避的に躊躇させるのだ。自己犠牲の行為を最も人間らしいものにし、信仰者と狂人とを分かつのは、このためらいの止まり木なのである。

自由

55

われわれは、自己からの逃避の必要性を当然のこととみなしている。しかし、自己は避難所にもなりうる。全体主義国家では、私生活への渇望が大きい。そこでは、個人の存在の細部への没頭が、狂気じみた人間性の救済者が作り上げた終末論的な精神病院からの唯一の避難所となる。

56

自由の主要な目的のひとつは、人にまず一人の人間であるという実感を抱かせることである。人びとが自分を労働者、実業家、知識人、あるいは教会、国家、人種、政党の一員であることを第一とするような社会秩序には、純粋な自由が欠如している。

57

自由とは、一部の人間にとってしたいことをする機会を意味するが、多くの人間にとっては、したくないことをしないことを意味する。成長できる者は、いかなる条件の下でも自由を感じるというのは、おそらく真実であろう。

青年期

58

一人の人間にとって大人へと生まれ変わるときに起こることは、生まれたときや幼少期に起こることに劣らず重要である。さらに言えば、ひとつの世代が子どもから大人への移行期に見せる態度は、社会全体に決定的な影響を及ぼす。

社会が安定とある程度の永続性を維持するためには、青年たちに彼らの趣味や態度、価値や空想を日常生活に押しつけられないようにしなければならない。現在のところ、ほとんどの国が外部の敵よりも、内部の若者によって脅かされている。

アメリカ合衆国においては、スプートニク以後の十年間に、青年期の幅が前例のないほど拡大した。テレビが十歳児に若者の生活スタイルを教え、爆発的な教育熱が二十代後半の人たちを学生にして大学のキャンパスに閉じ込めた。青年集団のすさまじい増大が大人たちの臆病さと相俟って、われわれの社会を本質的に変えてしまった。アメリカ合衆国について書かれたものは、わずか十年前のものでも、もはや時代遅れになっている。

おそらく、現代社会が安定を維持するための唯一の方策は、青年期を取り除くこと——すなわち、十歳になったら、大人の技術と責任、報酬や生活全般における行動の機会を与えることである。青年期は日常的な物を作る活動の時期にすべきであり、大人こそが読書を通した学習や勉強に携わるべきである。引退した熟練の職人、技術者、実業家、科学者、政治家などに若者たちの訓練や指導を任せるのもよいだろう。

59

自己認識をもつ者で、二十歳の頃の自分を思い出して、恥じ入らない者があろうか。傑出した人びとでさえ、彼らの二十歳前後の発言や手記を編集したら、愚言集ができるだろう。アンリ・ド・モンテルラン［フランスの作家］は言っている——「十七歳から十八歳の頃の自分を思い出すと、つばを吐きかけてやりたくなる」。

問題の解決

60

すべての必要をただちに満たし、世界の問題を即座に解決することを要求する世代が、後世まで残る価値あるものを生み出せようか。たとえ最も近代的な技術を身につけたとしても、その世代は、原始的なレベルにとどまる——自然を畏怖しつづけ、呪医の教えにひざまずくだろう。

61

人間の諸問題においては、すべての解決は問題を具体化する、つまり、直面しているものをより明確化するのに役立つだけである。最終的な解決など存在しない。

行動

62

行動は感情によって起こり、感情は言葉によって揺さぶられる。では、行動の開始に、思想はどのような役割を果たすのだろうか。おそらく思想は、強靭な言葉を生み出す道具となるのであろう。

63

観念と行動が直接的に結びつくことは稀である。観念が抑圧される場合、ほとんどつねに中間的段階が存在する。観念が最も明白に政治行動に転化するのは、情熱が人間の事象を支配し始めるときである、とトクヴィルは指摘している。観念を行動に転化するのは、通常、合理的な動機によって行動することがない人びとである。それゆえ、行動はしばしば観念の、そして、ときに人間を定式化する人びとのネメシス〔ギリシャ神話の応報天罰の女神〕となる。

真に活力ある社会の指標のひとつは、行動の助産婦である情熱を不要にする能力——思想を直接、行動に移す能力である。

言葉

64

二十世紀におけるスターリンとヒトラーによる残虐行為は、十九世紀に蒔かれた言葉の種子の果実である。二十世紀の残虐行為で、十九世紀の貴族が暗示しなかったものはほとんどなく、提唱されたものさえ少なくない。

65

言葉と観念が危険視される時代、警鐘を鳴らす者もなく、人びとが最も煽動的な観念を信奉し、公然と叫ぶ時代がある。

明らかに情勢が流動的なとき、観念は危険視される。キリスト教の形成期や近代西洋の誕生をもたらした重大局面においてそうであった。国家と社会秩序が過渡期にある現代もまた、同様である。

しかし、言葉は行為と密接に結びついて、はじめて危険なものになるのであり、そうした結びつきは状況の流動性から自然に生じるわけではない。時代の危機的な状況に加えて、言葉と行動の境界をさまようある種の「言葉の人」が、相対的に数多く存在することも必要である。こうした知識人は、基本的には、何らかの事情によって「言葉の人」になってしまった行動の人——潜在的な経営者であり、管理者であり、組織者である。たとえば、社会全般が文学や芸術に傾斜しているフランスのような国では、実業界の巨頭になれたような人びとの多くが知識人になってしまっている。アメリカ合衆国でもスプートニク以降、知的職業の地位と報酬が急激に上がり、いまや駆け引きや産業帝国の建設をさせれば最高の能力を発揮する者たちまでが、大学で幅を利かせるようになっている。こうした人びとは行動し、命令し、歴史を作ることを欲しているのだが、知識人の役割を担わされてしまったため、自己の内面の最深部にひそむ熱望を直視できなくなっている。だからこそ、行動を起こす前に、それを認可してくれる聖なる大義もしくは理想を必要とするのだ。彼らは、何もないところから行動を呼び起こすための呪文を必要とするのであり、浮遊する観念や言葉を手当たりしだいにつかもうとする。言葉や観念を危険なものにするのは、こうした行動派知識人の存在である。

66

成長することは、言葉に対する不信感を身につけることである。成熟した人間は、耳にすることよりも目にすることを信用する。目で見た証拠に反する言葉を受け入れるとき、非合理性が立ち現れる。

子どもや野蛮人、トゥルー・ビリーヴァー（確信者）は、見たことよりも聞いたことをよく覚えている。

67

言葉は、これまでいかなる悪魔の手先にもまして人間の魂を荒廃させてきた。人間の特異性の主要素である言葉が、非人間化の主要な道具でもあるというのは奇妙である。魔術の領域は不可視の領域であると同時に、言葉の世界でもあるのだ。

68

脱産業社会のパラドックスは、万能の技術をもちあせているにもかかわらず、あらゆる原始的部族と変わらず、言葉と魔術に支配されているということである。大学という言語工場から吐き出される空虚な言葉の靄は、われわれが暮らす病んだ都市のように汚染されている。若者たちは幻想よりも陳腐な決まり文句に押し流されているのだ。

69

抑圧され傷つけられた者は、幸運で自由な者よりも、むしろ有利な立場に置かれている。彼らは人生の目的を模索する必要もなければ、機会を活かせず悲嘆にくれる必要もない。彼らの魂に養分を与えるのは、不満と高貴な希望である。そこには、どんなサイズにも合う英雄の服が用意されており、個人的な失敗を正当化してくれる完璧な言い訳が用意されている。

被抑圧者が、自由のために戦うことがあるのかどうか疑わしい。彼らが戦うのは、プライドと権力——他者を抑圧する権力のためである。

70

希望と信仰の地形に傾斜の変化が生じている。ひと昔前まで夢とイデオロギーは、先進国から後進国へと流れていた。しかしいまや、その流れは逆になっている。現在の世界に漂う希望と信仰は、後進国から流れてくる。生活を意味づけてくれる希望と信仰と集団的努力への参加を必要とする先進国内の集団は、後進国から創造的刺激を得なければならなくなっている。

71

もっているものが少なければ少ないほど、希望はふくらむものである。それゆえ、社会の連帯と規律の維持に希望が不可欠なところでは、恒久的な窮乏政策がとられるかもしれない。ロシアと中国においては、たとえ消費財の大量生産が可能になっても、耐久生活が必要とされるだろう。

72

共産主義国

ロシア大衆の生来の物欲——土地に対する飽くなき欲求と、共産主義の訓戒のコントラストこそ、ソヴィエト・ロシアにおける現在のファナティシズムの根源である。共産主義を採用する農民社会はすべて数世代にわたって、熱烈で不寛容な精神状態を露呈する。

73

ビジネスにかかわるものはすべて腐敗するというのは、おそらく真理であろう。ビジネスは、政治もスポーツも文学も労働組合も腐敗させる。しかし、ビジネスは一枚岩の全体主義をも腐敗させる。資本主義は非資本主義的環境において、解放的な本領を最大限に発揮する。共産主義国においては、隠れビジネスマンこそ、真の革命家である。

74

現代の革命的変化は、共産主義圏の外部で起こっている。これらの国は、革命家のいない革命を経験している。時間が止まっている共産主義世界においては、自称〝革命家〟は存在するが、革命自体は存在しない。

実際、革命家たちが自国を革命化しうるかどうかは疑わしい。革命の決定的効果は、通常、他の場所で感知されるものである。相対的に見れば、フランス革命はフランスそのものをほとんど変えはしなかったが、ドイツを誕生させた。同じように、ロシア革命の末路は、統合ヨーロッパと新しい中国となろう。

75

強者が弱者の真似をするとき、強大なソヴィエト・ロシアが、敵対する世界に包囲された「貧者の仲間」の指導者のように振舞うとき、世界に災厄がもたらされる。

弱者が弱さを強さに変える方法を強者が採用するとき、それは強制と非人間化の道具と化す。

第3章　創造者たち

成長

76

忍耐とは成長の副産物である——われわれは成長しているとき、好機を待つことができる。権力や名声の獲得・追求に忍耐は存在しない。成長の代替物を追求するとき、われわれは最も性急になる。

77

才能のない者は、努力もせずに何かが起こることを期待する。彼らは自分の失敗を努力不足よりも、ひらめきや能力のなさ、不運のせいにする。真に才能のある者はみな、あらゆる物事の達成にはそれ固有の困難がともなうことを自覚しており、継続と忍耐によって価値あるものを実現できるという自信をもっている。才能とは活力の一種なのである。

78

成長できない者にかぎって、飛躍したがるものである。彼らは名声、富、幸福への近道を欲しがるのだ。

79

いかなる発明がなされようとも、すぐれた著述、描画、作曲、発明などの創造的営為からその労苦を取り除くことはできないだろう。精神の経済とは、根本的に不足の経済である。豊かな社会においては、日常生活は勤労倫理なしでも済まされよう。しかし、卓越したものを得ようとするなら、人びとの内面に冷酷無情な監督をつけなればならない。実際、創造的努力の規律がなければ、豊かな社会は安定を失う。社会は創造性なくして、存続しえない。

80

ひらめきによってのみ、われわれは自らの内面にある独創的で価値あるものを感じとることができる。ひらめきをつかみ、吟味する方法を知らなければ、われわれは成長することも、活力を得ることもできない。

81

植物は成長するために根を必要とするが、人間の場合は逆である。人間は成長しているときにだけ、根をもち、世界に安住することができる。

82

思想が重みと高貴な目的を切望するとき、しばしば尊大さとヒステリーがもたらされる。

83

自惚れの衝動は、創造力に反比例する。創造力の流れが枯渇するとき、残されるのは自分自身の重要さだけである。

84

創造的なるもの

ささいな原因と重要な結果のコントラストこそ、人間の主要な独創性のひとつであり、それは創造的な人間において特に顕著に見られる。何もないところから何かを作り出すことこそ、創造者の証である。

あらゆる場所は天国から等距離にあり、いかなる時代も永遠から等距離であると言われている。また、すべての経験はそれが導き出す真理や法則から等距離であるというのも、おそらく本当であろう。ありふれた出来事を意味ある事件にしうるのは、創造的な精神だけである。

社会に適したことに従事している者は、年齢を重ねても創造力の著しい衰えを見せないように思われる。古代ギリシャの著述家たちは、八十代、九十代になっても偉大な作品を生み出し続けた。ちょうどアメリカ合衆国において実業家や技術者、政治家が年齢によって左右されることが最も少ないように、軍事社会において将軍はいつまでも若々しく死ぬまで聡明である。アメリカでは非常に多くの一流作家が四十歳を過ぎると衰えてしまうという事実は、この国が小説家にとって最適な環境ではないということを示唆している。

86

名もない先例がどれだけ創造的爆発の引き金になってきたか、活動、思考、想像の領域においてどれほど新しい様式の種子となってきたかはとても語りつくせない。二流の詩人、二流の作曲家、平凡な著述家や画家、教師、才能のない職人は、芸術、文学、技術、科学、政治の重要な発展の種子となってきた。歴史を形作ってきた人びとの大半は、無名の誰も訪れない墓に眠っている。

才能のない者たちが、自分たちより優れた事物を生み出す媒介者となりうるということこそ、創造的な環境の指標である。

87

真の創造者は、それ自体で生命をもつもの、彼がいなくても存在し機能しうるものを作り出す。これは著述家や芸術家、科学者だけでなく、他の分野の創造者についても例外ではない。コメニウス〔チェコの思想家〕の言葉を借りれば、創造的な教師とは「より少なく教え、より多く学ばせる」者のことであり、創造的な組織者は、彼なしでもうまく機能する組織を作り上げる。真の指導者が力を発揮するとき、支持者たちは「自分たちの力でそれをやった」と言い、偉大な指導者がいなくても偉大なことができると感じる。創造力のない者たちにかかると、逆のことが起こる。彼らが手配することすべてについて、彼ら自身の存在が不可欠となる。

＊＊＊

88

空っぽの頭は、実際は空ではない。ゴミで一杯になっているのだ。空っぽの頭に何かを詰め込むのがむずかしいのは、このためである。

89

もし人びとの顔が心と同じくらい未完成であったなら、どんな怪物が通りを歩いていたことか。

90

ものごとに精通すると、感性が衰え、活力が萎えるものである。それゆえ、芸術家も思索者も、ありふれたものの誕生と、知られているものの発見に没頭する。彼らはともに、ものごとの初期段階をもう一度捉えなおすことによって、生命を保持しているのである。

模倣と借用

91

真の創造者が模倣するとき、手本はそれ自体、粗末な模倣品になってしまう。

92

言語は質問するために発明されたものである。回答は音や身ぶりによっても可能だが、質問だけは言葉にしなければならない。最初に質問の声を発したとき、人間は一人前の大人になった。社会の停滞は回答の不足ではなく、質問への衝動の欠如によってもたらされる。

93

アルファベットを発明したのはフェニキア人であり、ギリシャ人はそれを借用しただけである。しかし、自らの発明品を使ってフェニキア人がしたことと、借りものを利用してギリシャ人がしたことの間に、何と大きな違いがあることか。おそらくわれわれの独創性は、借りものを利用して作り上げるものに、最も顕著に表れるのだろう。まったく新しいものなど、偶然や意味のない機械いじり、無能な人間が抱く長年の不満によってさえ発見されうるのだ。

94

社会の活力は悪影響を及ぼしたり、アイデンティティを損なったりせずに、豊富に事物を借用できる能力に垣間見られる。西洋は他の文明から多くの借りものをし、それを礎にして繁栄してきた。驚くべきことに一四〇〇年から一八〇〇年までは、東洋の西洋への影響は、西洋の東洋への影響よりも大きい。もし東洋の影響がなければ、コロンブスがアメリカ大陸発見に旅立つこともなかっただろう。そして、われわれにアジア征服の道具――火薬、羅針盤、天体観測機を与えたのが、当のアジアであったことを想い起こすとよい。

現在、アジアやアフリカ、ラテンアメリカ諸国が先進国から事物を借用することに対して示している嫌悪は、そうした国々の衰退の兆候である。社会的消化不良を起こすことなく、豊富に事物を借用できるほど活力があるのは、日本だけである。歴史の初期においては、エジプトもクレタもインドも、シュメールから自由に事物を借用し、独創的で活力に満ちた文明を発展させたのである。

95

エリートと大衆

エリート主義の知識人は、才能と天才は稀有な例外であるという確信を抱いている。彼らは、潜在能力を発揮できずにくすぶっている大衆がいるという考えには興味を示さない。しかし、大衆が、あらゆる才能の宝庫であるという証拠は存在する。にもかかわらず、われわれは、まだそうした才能を発掘する技術をもっておらず、隠された鉱脈から金塊が洗い出される偶然を待たねばならない。

大衆がかき回され、追い散らされて、彼らの才能が顕在化した二、三の事例を、われわれは知っている。何百万人という普通の人びとが、ヨーロッパからアメリカ大陸へ放逐されたのは、そうした一例である。大衆に対する最も血なまぐさい実験は、ロシアのスターリンによって行なわれた。彼はロシアの最も教養ある人びとを粛清し、拷問にかけられ恐怖で打ちひしがれたロシア大衆から、あらゆる才能と能力を搾取したのだ。それは残虐で破壊的なやり方であったが、にもかかわらず、現在のロシア人が革命以前に比して才能がないなどと主張する者は誰もいない。

ルネサンス期にも、大衆の創造力が突然活気を帯びた例がいくつかある。ルネサンス期のフィレンツェでは、芸術家の大半が小売商人や職人、百姓や小役人の息子であった。フィレンツェにおいて尊重された芸術とは熟練を要する仕事であり、芸術家は職人として扱われた。

同じようなことが、一六〇〇年から一七〇〇年に黄金の世紀を迎えたオランダでも起こっている。百万そこそこの人口しかない国が、数千人の画家を擁し、その中にはハルスやレンブラント、フェルメールもいた。一七〇〇年以降、オランダの絵画は急速に衰退し、復興することはなかった。

96

エリート主義者たちは、選ばれた少数者のみが重要であり、大多数の人びとはブタだとくり返し主張する。しかし、雄ブタと雌ブタが結婚して、レオナルドが生まれることもあるのだ。

97

目下のところ、世界各国のエリート間に際立った違いはない。さまざまな国の作家、芸術家、学者、科学者、技術者は大衆から孤立して集まり、必ずしも協調し合っているわけではないが、思考や活動の方法においてさほど大きな違いもなく共棲している。そうした光景が思い浮かぶ。明らかに各国間の活力と繁栄の差は、エリートの活動の違いではなく、大衆の性質の違いによってもたらされたものである。

98

エリートがその役割を十分に果たすには、大切に育てられねばならない。彼らは重視されたいのであり、無視されるぐらいならむしろ迫害されることを望む。大衆の場合はその逆である。彼らは雑草のように放っておかれるとき、最もよく成長する。

創造者の気質

99

よく言われるように、創造的努力に虚栄心や敵意、嫉妬心がつきものだとすれば、そうした未熟な態度に接しても、われわれは我慢できるはずである。しかし、問題なのは、真に創造的な人間が階級を形成するほど多くないにもかかわらず、作家や芸術家、科学者などが帰属意識をもつ明確な階層が社会に存在していることである。この階層は、真に創造的な人間に共通する特徴をもつ人びとから成っている。彼らは、独創性と高貴な目的について同じ感覚をもつと同時に、悪意、嫉妬、中傷、自己顕示への性向を共有している。

100

ある集団に支配的な精神状態――典型的な態度、願望、価値、先入観、偏見を正確に描写したければ、地位を確立した構成員ではなく、最も不安定な地位にある者、つまり、何らかの理由でいまだに部外者だと感じている者にこそ目を向けるべきである。本質的な自己同一化の兆候をすべて示し、合言葉をすべて知っているのは、完全な帰属意識をもてずにいる者たちなのだ。

101

作家と芸術家にとって完全にふさわしい社会秩序は存在しうるだろうか。彼らが欲することと創造的営為に適したこととの間には、非常に多くの矛盾がある。作家と芸術家は、崇拝すべきものと抵抗すべきものを必要とする。称賛と報酬はなくてはならないが、一人で思い悩むための孤独も必要である。

102

創造的プロセスに固有の独創性の感覚は、しばしば作家や芸術家たちに、自分こそが宇宙の中心にあり、宇宙の力が形作る運命の伝達者だと思わせる。それゆえ、彼らは偶然の一致や予感、兆候に魅了されるのだ。それは、高い自己演出能力——若々しい知性に固有の能力——を必要とする一種の自惚れである。わずかな独創性を生み出すために、いかに多くの法螺が必要とされることか。

103

革命家も創造的な人間も、永遠の青年である。革命家が成熟しないのは、単に成長できないからである。一方、創造的な人間が成熟しないのは、つねに成長をつづけているからである。

前衛的革新

104

現代の文学、芸術、音楽における前衛的革新の爆発は、まったく比類がない。これに最も近いのは、どんな無骨者でも新しい宗教を始められると感じた宗教改革時代の宗派改変であろう。現代と宗教改革時代の共通点は、価値崩壊のもたらす予期せぬ結果である。説明されるべきは、そうした前衛的革新を受け入れた支持者の存在である。詩人が難解な詩を書き、画家が抽象画を描き、作曲家が知覚不能な曲を作るということよりも重大な意味をもつのは、人びとが理解できないもの、意味も原理もないものを称賛しなければならないという事実である。

105

全面的な革新は、才能のない者や生来の不器用者の避難所である。そこは、彼らの無能さを受け入れ、当然視してくれる場所なのである。まったく新しいものに取り組むとき、われわれはみな初心者である。そしてわれわれは、その新しいものが初心者の腕前——つまり不器用で未熟な腕前を露わにしてくれることを期待する。

しかし、いかに無能で不器用であっても、革新者には果たすべき重要な役割がある。なぜなら、偉大な業績はすべて、衒学者や模倣者に鷲づかみにされ、その生命を奪われ、あらゆる独創性の萌芽を摘み取った正統に変えられてしまうからである。前衛的な人びとはこの致命的な変化に抵抗し、真に才能のある者のために門戸を開放し続ける。そして、彼らがいつの日か実験者たちの愚行を一掃し、確かな手によって新しいものを構築する機会を与えているのだ。

＊＊＊

106

真に才能のある者は、どんなに技量が欠けていても、何とかするものである。

107

自己実現に比べれば、自己犠牲の何とたやすいことか！

108

音楽を作るのは張りつめた魂であり、その魂は相反する方向——正反対の性向、嗜好、切望、忠誠に引っ張られている。両極性のない場所——エネルギーが一方向にスムーズに流れる場所では、仕事ははかどるが、音楽は作れない。

109

創造的なアイディアのワインを凡庸の水に変える者こそ、真の反キリスト者である。

第4章　予言者たち

110

予測可能性

　この五百年間に、予測可能な範囲は徐々に狭められている。予測可能性は、キリスト教の最盛期において最高度に——来世にまで達していたが、千年の予言に取って代わった進歩の観念においてて、その範囲は一世紀程度に狭められた。第一次世界大戦の終結とともに、予測可能性はさらに小さくなった。安全保障への切望が希望に取って代わり、人びとは一世代の人生を予測できれば、それで満足するようになった。もしこの縮小が続けば、われわれは夕方に翌朝のことが予測できるだけで十分だと感じるようになるだろう。いくつかの全体主義国家で、これはすでに起こっている。そこでは、人びとは、夜ベッドに入ってから翌朝目覚めるまでの間、投獄も流刑も粛清もされないことがわかるだけで、幸運だと考えている。

過去において、来世について明確な観念をもっていた社会は、占いや預言に無関心であった。来世へ行く準備のために多くの財宝と労力を費やした古代エジプト人は、いかなる占星術も発明しなかったが、来世への信仰をもたなかったバビロニア人は、占いを発展させた。ヘブライ人の預言は、復活が信仰の対象となる前に絶頂に達し、ヨーロッパでは、教養層が至福千年のキリスト教への信仰を失いつつあったルネサンス期に、占星術が隆盛をきわめた。

未来がわれわれ自身の中にあり、目の前の現在をむさぼっている急激な変化の時代にあって、人間が今日ほど将来について確信をもてなかったことはない。これはひとつの逆説である。われわれは、過去よりもはるかに予測可能性を必要としており、予報や世論調査に身を委ねている。予報がはずれたときでさえ、次の予報を聞きたがる。われわれは、古代人がニワトリの内臓を解読する予言者を見るように、グラフを読み解く専門家をじっと見つめているのである。

111

絶対権力は、人びとを予測可能な生き物にする。人間的変数を定数に変えてしまうのだ。スターリンやヒトラーのような魂の技師は、歴史学を厳密な科学——動物学の一分野に組み込んでしまう。

112

スターリンやヒトラーのような人物が権力によって自分の予言を実現しうるとき、一般の人たちの生活は予測不可能なものになる。予測と富は同じようなものであるという格言には、多くの社会的真理が含まれている。一人占めする者がいるとき、残りはほとんどなくなってしまうのだ。

歴史

113

現在、われわれが歴史から学べることは驚くほど少ない。過去は問題にするにはあまりに遠く隔たり、あまりにも異なっている。現在についての洞察を得たいなら、歴史書ではなく人間の条件について考察した書物をひもとくべきである。現在明らかになりつつあるのは、技術が勝利をおさめればおさめるほど、人間的な事件の形成に物や非人間的要因の果たす役割が逆に小さくなっているということである。脱産業時代は、心理的要因によって支配されることになろう。そして、われわれの時代の意義ある歴史は、人間が歴史を作るという仮定にもとづかねばならない。

114

歴史とは、その大部分が人類に施された偶然かつ意図的な実験の記録なのか。もしそうならば、自然の本質を理解するための科学実験と同様、人間の本質を理解するためのものであろう。そのような歴史なら、われわれ自身の理解の助けとなるに違いない。

115

歴史はくり返さない。ある時期の文学や芸術が他の時期に再現されないのと同様に、ひとつの時代が別の時代の事件を反復することはない。しかし、文学や芸術の誕生に有利な状況は何度も訪れる。そしてまた、社会の活力、停滞、安定、動揺などを促す要因も、くり返し立ち現れる。

＊＊＊

116

夢が実現するとき、それが悪夢に変わりうることを、もはやわれわれは知っている。そして、物語の結末を知ってしまったがゆえに、先の見えない暗闇の中に置かれているということこそ、われわれが直面している逆説である。壁に書かれたものは見えるが、誰一人としてそれを解読する鍵を見つけ出せずにいる。

117

あらゆる情熱的な探求は多かれ少なかれ、失われたものの探求である。まったく新しいものの探求でさえ、失われたものの代替物の探求として始まることが多い。近代西洋の誕生を特徴づけた発見と探検の航海は、ある程度まで、天国に対する信仰喪失のひとつの帰結である。新大陸、伝説の帝国、魔法の島を探し求めた探検者たちは、つねに楽園——地上の天国の標識を発見しようとしていたのだ。

変化と不可測性

118

現在何が起こっているのか知りえないのは、広範囲にわたる現象のひとつの側面にすぎない。われわれは、自分自身のこと——自分の姿がどのように見え、自分の声がどのように聞こえるのか、自分の内面で本当は何が起こっているのかについて、ほとんど何もわかっていない。われわれは目の前で起こっていることを洞察する必要がある。つまり、状況を見抜き、だまされないようにしなければならない。

119

人間の本質は、急激な変化に頑なまでに抵抗しうる。それゆえ、革命的変化を実現しようと熱望する人びとは原則的に、人間の本性に敵対的である。いわば反人間的になるのである。彼らは、人間を魂なき物体に変えようと全力を尽くすのだ。

120

新しいものの誕生は危機を引き起こす。そして、その克服には部族的団結の美徳、狂暴さ、子どもじみた軽信性、従順さが極限にまで達した粗野で単純な精神、つまり戦士の精神が呼び戻される。こうして、新たな始まりは多かれ少なかれ、人間の原初のくり返しとなる。

121

われわれは、おそらく生まれながらに目的に対して恐れを抱いている。われわれは目的の達成よりも、つねにその途上にあることを好む。手段を与えられると、それにしがみつき、しばしば目的を忘れてしまう。

122

人間の事象に固有の不可測性は、主として、人間的プロセスの副産物が生産物よりも決定的に作用するという事実に発している。

無知の優位

123

現代において未来のことは、子どもや無知な者に訊かねばならない。タルムード［ユダヤ教の聖典］に記されているように、神殿が破壊された後、預言は賢者から奪われて子どもたちに授けられ、愚者が困難な時代の混乱と紛糾を省察するようになった。状況が不安定になると、来たるべき状況を予測するうえで、英知や経験はかえって障碍となってしまう。

124

無知な者は大胆不敵である。既知のことを知らない人びとは、未知のことに対処する準備ができているようだ。学のある者が歩くのを恐れるとき、無学な者はしばしば突進し、軽信者は不可能なことに挑戦する衝動に駆られる。彼らはどこへ行くのかもわからず、偶然に身を任せている。過去において、賢者はしばしば眼前の大きな変化に気づかなかった。十九世紀の最初の十年間に、果たして何人の賢者が産業革命の進行に気づいていただろうか。アメリカ大陸の発見は、学者の心をほとんど動かすことはなかった。熱狂したのは普通の人びとである。

125

不可避なもの

個人と社会の生活を支配する不変の法則について、どれだけ論じようとも、われわれは心の底では、人間の事象が多かれ少なかれ、偶然に支配されていることを認識している。しかし、その一方でわれわれは、自分自身の死の不可避性さえ信じていないのだ。現在を読み解くこと、目前で芽吹くものの種子に気づくことがむずかしいのは、このためである。われわれは不可避なものを見るのが、まったくもって不得手なのだ。

第5章　人間

126

集団的羞恥といったものがあるかどうかは疑わしい。集団的憤怒はある。集団的プライドも、集団的高揚ももちろんあるが、集団的羞恥はない。他者と連帯するとき、われわれはほとんどつねに自分より強者と組んでいるように感じる。そして、そうした人びとと罪を犯すと、自責の念を感じなくなってしまうのだ。

127

われわれが仲間の悪評に耳をそばだてるのは、まったくの悪意からではない。というのも、われわれはしばしば自分が最低の人間だと感じて、自分を孤立させるからである。人間は誰しも卑劣なものであるという噂は、たいてい希望のお告げのように聞こえる。それは、われわれを隔てている壁を取り除き、人間性の下に団結したかのように感じさせる。

128

天罰という言葉は、多くの場合、他人にしたことを、結局、自分自身にするということを意味する。

129

人びとを進んで過大評価しようという気持ちには、おそらく悪意が含まれている。われわれは、後で身のほどを思い知らせてやろうと、ほくそ笑んでいるのだ。

130

その死によって、われわれの食欲を奪い、この世を空しく思わせる人の何と少ないことか。

131

われわれは他人の罪のみならず、悔恨、感受性、感謝、愛情、憎悪なども誇大視しがちである。他人の特性を拡大鏡で見てしまうのだ。他人の目を通して自分を見るとき、自分のことも誇大視している。自分の内面の過激な資質に、他人の評価を結びつけてしまうのだ。

132

人びとが最も真剣に聞くのは、われわれが語らないことではないかと思えることがある。

133

自分を他人と同一視するわれわれの能力は、無限のようである。いかに才能がなくても、卓越した資質と業績をもつ者と自分自身とを簡単に同一視できる。最も才能のない者でさえ、偉大なものを自分の一部と感じられるぐらいの潜在能力の破片は身につけている、ということなのだろうか。

134

自分に合うもの――心の中のものにある程度共鳴する外界のもの――に出会ったときだけ、われわれは、強烈な印象をもつことができる。老人が若者に比べ、世界中で進行している仮借のない磨滅を痛感するのは、このためである。

135

自分自身に関する知識を適用して他人を判断するのは容易ではない。人間は決して一種類に括れるものではないし、留保のない愛情も完全な憎悪ももつことはない。にもかかわらず、他人を明確に黒白に分けている。

136

自分がまったく無価値だという感情は、人間に対する態度を均一化させる。そうした感情の持ち主は、人類全体を一種類だと見る。彼は、自分を愛する者と憎む者、高貴な者と野卑な者、思いやりのある者と残酷な者を同じように軽蔑する。そして、自分が無価値だという感情は、人間を人類から切り離す。人類を異種にしてしまうのだ。

137

本当は欲しくないものを与えられずに感情を害すことが、何と多いことか！

138

官能は、われわれを人類と調和させる。老人の人間嫌いは、性欲の神秘的高揚の衰退によるところが大きい。

139

知的になるためには、愛し愛されねばならない人もいる。

140

われわれは一人でいるとき、何者なのだろうか。一人になると、存在しなくなる人もいる。

141

食事を与えてくれる手に嚙みつく者は、たいてい自分を蹴りつける長靴を舐めるものである。

142

純潔な心などありえない。心は他の心と出会うと、所かまわず無節操に結びつく。

143

人間同士の間に、何と多くの深い亀裂が存在することか！　人種、民族、階級、宗教の分裂だけではない。男と女、老人と若者、病人と健康な人の間にも、ほとんど完全な無理解の溝が横たわっている。共同生活が相互理解のうえに成り立つものなら、社会は決して存在していなかっただろう。

144

たとえどんな業績があろうと、われわれが自分自身をよく思うことはめったにない。われわれは、自分の欠点と罪を記録しつづける心の裁判官に対して、証言してくれる人びとを必要とする。自分で思っているほど自分が悪い存在ではないということを確信させてくれる人びとを必要としているのだ。

145

われわれが探し求めているのは、自分と意見を同じくする者ではなく、自分のことをよく思ってくれ、それを表現してくれる者である。たとえ意見が異なろうとも、われわれはそうした人びとを大切にする。

146

他人が自分によいことをしてくれたとき喜びを感じるのは、利益を受け取るからだけではない。それに加えて、自分が正しい道を歩んでおり、そうするように首尾よく選ばれたと感じるからである。われわれはよいことが起こると、よい前兆だと考える。

147

生き物を礼讃できなくなるということは、精神の死の兆候である。

148

大半の人間が自分と同程度だと考えはじめると、世界はかなり不愉快な人間で満ちあふれていると思えてくる。

149

まわりにいる人間のほとんどが、われわれに根本的に無関心だということは、きわめて受け入れがたい事実である。しかし、それは他人と公平に接する際の基本とするべきものであろう。われわれは他人にはほとんど期待してはならず、彼らの関心を刺激し保持しなければならない。自分がもちあわせたある種の既得権益を他人に与えねばならない。

150

自分自身との対話をやめるとき、終わりが訪れる。それは純粋な思考の終わりであり、最終的な孤独の始まりである。注目すべきは、自己内対話の放棄がまわりの世界への関心にも終止符を打つということだ。われわれは、自分自身に報告しなければならないときだけ、世界を観察し考察するようである。

151

われわれは、過去に望んだものを何度でも欲しがるものである。手に入れられないものだけでなく、本当はもう欲しくないものまで欲しがりつづけるのだ。

152

世界が扱うように自分自身を扱うならば、われわれは精力的な革命家になるだろう。

153

われわれは、自分の存在に意味を与えてくれる人生の目的のみならず、苦しみに意味を与えてくれるものも必要としている。何のために生きるのかと同じくらい、何のために苦しむのかを知りたがっている。

154

人間の心は墓場に埋葬されるずっと前から、墓場になっている。若さは死に、美しさも希望も欲望も死ぬ。人間が埋葬されるとき、墓場が墓場に埋められるのである。

155

成功を喜ぶ力が衰えないかぎり、どれほど失敗を重ねようとも、われわれは挑戦しつづけるものである——経験から学ぶことができないのだ。成功しても何の喜びも感じないようになってはじめて、ほんのわずかな落胆から教訓を得ることができる。

156

急がねばならないという気持ちは、通常、充実した人生を送っている証でも、時間がないことの結果でもない。逆にそれは、時間を浪費しているという漠然とした不安から生まれるものである。しなければならないことをしていないとき、他のことをする時間がない——われわれは、世界で最も忙しい人間になるのだ。

157

成功は、放っておいても雄弁に語るものである。見失ってはならないのは失敗、落胆、疑念である。われわれは過去の困難、数多くの誤った出発点、痛みをともなった試行錯誤を忘れがちである。自分たちの過去の成功を一直線に進んだ結果だとみなし、現在直面している困難を衰退や腐敗の兆候だと考えてしまうのだ。

158

失敗は、いとも簡単にばからしく思えるものだ。

159

大声を出すのは寂しいからである。これは犬と同様、人間についても真実である。

160

われわれは独善的であるにもかかわらず、よいことが起こると自分には分不相応だと思うものである。

161

自分がどれだけ無価値な存在であるかを思い起こすと、重圧から解放されるものだ。

162

われわれは、よいことよりも悪いことを一般化しがちである。というのも、悪いことのほうが、強力で蔓延しやすいと考えているからだ。

163

極度に恐怖心を抱く者は、権力の特徴をその専断性に見る。よほど大きな自信がないかぎり、人は自らの法に従う全能の神を信じることはできない。

164

繊細な良心は、活力減退の副産物であることが多い。成長しているとき、われわれの行動は一時的なものであり、後に残される踏み石にすぎない。しかし、成長が止まると、われわれの行動や思考は、われわれそのものになる。

165

歳をとることは、普通になることである。老齢は人間を平等にする——われわれは、自分に起こったことが、歴史上、数え切れないほど起こってきたことに気づくからである。若いとき、われわれは世界最初の若者のように振舞う。

166

真に利己的になるには、ある程度の知性が必要とされる。知性のない者は、独善的になれるだけである。

167

われわれは、先入観の喪失を活力の喪失のように感じることがある。

168

自分の声を聞いても、自分の声と認識せず、おそらく認識もできないという明白な事実は、われわれが自分自身にとって、救いがたいほど他者であるということを物語っている。

169

われわれは予期せぬものにつまずいたときよりも、予期したことが起こったとき、驚くものである。

170

自分がもちあわせていないもの、自分のものだと言えないものが、しばしば自分自身であると思えることがある。われわれは自分の能力、才能、創造力について確信をもつことができない。自分が所有し、安全な場所に保管しているのは、自分自身の一部でないものだけである。

171

抜群の才能とそれを開花させる能力は、旺盛な食欲とそれを楽しむ能力のようなものである。どちらの場合にも、自由な行動を妨げるものに対する苛立ちと、世界が自分の思うままになるという思い込みがある。

172

最も習得がむずかしい算数は、自分の幸福を数えあげることである。

173

われわれは何を言いたいのかわからないときほど、饒舌である。言うべきことがあるとき、言葉はほとんど必要ない。一方、言うべきことがないのに、それを無理やり言おうとするとき、あらゆる辞書のすべての言葉を使っても足りない。

174

波瀾に満ちた人生ほど、忘れがたいものはない。転機、成功、落胆、驚き、危機に彩られた人生は画期的な出来事であふれている。空虚な人生においては、数少ない出来事の細部さえ色褪せ、はっきりと思い出せないものである。

175

人間の価値は、引き裂かれた複数の自己認識にある。

176

つまらない人間ほど、自分を重視するものである。

177

何もしないことは無害だが、何もしないことに忙しいのは有害である。

178

われわれを最も疲れさせるのは、終わっていない仕事である。

179

詳細に思い出せるのは、実際には決して起こらなかったことだけである。

180

われわれはたいがい、見ず知らずの人間を憎悪している。

181

人びとの人間に関する最も悪意に満ちた憶測に、いかに多くの真実が含まれていることか！

182

希望の挫折は多くの場合、実はその実現である。

183

時間を超越しているのは、人間だけである。過去のものであれ、現在のものであれ、社会も文化も文明も外部の者には理解できないことが多いが、人間の空腹感、不安、夢、没頭は、何千年もの間、変わっていない。こうして、われわれは、理解という点においては、どんな共同体よりも複雑で予測不可能でかつ神秘的な人間に最も近い位置にいる。何千年という隔たりも問題にしない親近感で結ばれているのだ。もし、何らかの方法で、最古の人間の声がわれわれに届くとすれば、それはわれわれ自身のことを話す、時間を超越した声であろう。

補遺

1

歴史

世界が動物園と化すか、人間が完全に人間になれば、歴史は終焉するだろう。なぜなら、歴史とは人間化の歴史にほかならないからである。つまり、それは人間が何千年もかけて上る曲がりくねった坂道であり、他の被造物から自らを切り離し、独自の秩序を創造しようとする不断の努力だからである。

2 信仰

近代西洋の台頭にキリスト教が果たした役割を見定めようとするなら、近代西洋文明の誕生が、キリスト教信仰の衰退と同時にもたらされたという事実を想起すべきであろう。いかなるキリスト教独自の教説や属性よりも、宗教的信仰の喪失のほうがおそらく決定的であった。信仰を放棄するとき、われわれはたいてい、それを捨てずに飲み込んでしまう。放棄した聖なる大義の代わりに自己をあてがうのである。かくして、熱烈な信仰の衰退は無気力ではなく、個人的衝動の激化をもたらす。決定的なのは宗教的信仰をもたないことではなく、一度は信じた神への信仰を失ったことである。近代西洋の社会と個人に運命的な影響を及ぼしてきたのは、かつて熱烈に崇拝した神の拒絶であり簒奪なのである。

3 遊び

人間が絵を描き、木や石を刻み、彫刻することを学んだのは、器を作ったり、衣服を編んだり、家畜を飼ったりする以前のことである。芸術家としての人間は、労働者としての人間よりもはるかに古い。数千年にわたる人間の歩みは過酷なものであったと思われがちである。初期の人間の生活は、夜休む時に翌朝生きているかどうかもわからず、いかにして食い殺されずに食べて生きていくかという問題につねに直面していただろう。想像を絶するほど厳しく、危険で暴力的かつ長い闘いであったろうと、われわれは思い描く。しかし、人間が生き残り、環境を支配していくことを可能にした才能、技術、習慣の起源をさかのぼると、われわれはいつも遊びの領域に到達する。実用的な工夫や発明の大半は、もともと非実用的な追求のなかから生まれた。最初の家畜である子犬はさほど有用ではなかったが、最高に遊び好きな動物であった。人間の創作力や洞察のひらめきは必要に迫られているときにではなく、不必要なものや贅沢なものに手を出すときに訪れる。遊びは労働よりも古く、芸術は実用品の製作よりも古い。人間は必要に迫られてしたことよりも、むしろ遊びながらしたことによって形作られた。かくして、人間が人間化したのは穏やかな自然に恵まれ、全力を尽くして戦う必要のない環境においてであったろうと容易に推測できる。人間は荒廃した戦場よりも、むしろエデンの園のような場所で進歩を遂げたのである。

4 変化

激烈な変化によって技術や体験が時代遅れなものになるとき、大人と青年の境界は曖昧になる。にもかかわらず、世代間対立が最も激しくなるのはおそらくこのときである。何も知らない若者たちは、絶望的な苦境に陥る。他方、老人たちは真理を保持しているという確信を失い、分別だけを説く無意味な存在となる。

5 知識人

知識人というものは貴族、軍人、商人、知識人のいずれであれ、排他的なエリートが支配している場所で安らぎを覚える。彼は文化的に洗練されたエリートを好むが、エリートであればたとえそうでなくても我慢するだろう。彼が心底耐えがたいのは、普通の人びとが支配する社会である。人民の人民による政府ほど、知識人が嫌悪するものはない。

6

現代社会が直面しなければならない主要な問題のひとつは、落ち着きのない知識人たちにエネルギーのはけ口を与えつつ、同時に彼らの権力を否定する方法を見つけ出すことである。知識人を張子の虎にし、その状態を維持する方法を探し出すことである。

アメリカ合衆国

7

権力を渇望する者は、アメリカ合衆国では幸せになれまい。この国では金も教育も、権力獲得の手段にはならない。アメリカにあるのは学習、経験、蓄財、成就、安楽、自由の機会であって、権力獲得の機会ではない。

アメリカ人

8

アメリカ人が言葉によって他人の信頼を勝ちとろうとしても、もはや手遅れであり、ましてや贈与は何の役にも立たない。では、われわれにできることは何か。模範を示すこと――自身の生活様式をできるだけ改善することによってのみ、世界の信頼を勝ちとることができる。アメリカ人の主たる問題は世界ではなく、アメリカ人自身である。そして、われわれは自分自身を克服することによってのみ、世界の信頼を勝ちとることができる。

9

アメリカ人は彼らが発する言葉以上に優れている。他の文明においては、人びとが公言することは実践することよりもレベルが高いと仮定して、まず間違いない。しかし、アメリカの大衆の場合は逆である。彼らの行動は彼らが公言する意見よりも、繊細で独創的である。彼らはいわば偽悪的なのである。

人間

10

この世界において若さを備えているのは、人間だけである。他の被造物はみな極度の深刻さを体現している。苦痛や恐怖の叫びは、人間も他の被造物も共有している。しかし、微笑み、笑うことができるのは人間だけである。

11

この世界で完全な安らぎを求めることは、動物や植物と自然を分かちあうことである。人間はこの世界における永遠のよそ者である。他の被造物から自らを切り離し人間になったとき、世界のよそ者となったのである。われわれの克服しがたい不確実性、ルーツへの満たされない渇望、人工の複合物で世界を覆いつくしたいという熱情、自分たちを地球の総督に任命してくれる神の必要は、この救いがたい境遇に由来している。

12

自然を創造した神は何よりもまず最高の技巧家であったが、自然を創造し自動機械化すると、創造への関心を失ってしまった。自然は神を退屈させ、その退屈のなかで神は芸術家となった。人間を創造した神は何よりもまず芸術家であり、自分自身のイメージ——芸術家のイメージによって人間を創造した。他のすべての動物は完璧な技術者であり、それぞれが工具セットを内蔵した熟達した専門家である。人間は技術的には不完全な被造物であり、半ば未完成で装備も不十分だが、心と魂は創造者としての、さらに芸術家としての資質で満たされている。そして、神は最高の芸術家であるがゆえに、人間の自動機械化を拒否したのである。

訳者あとがき

本書は、〈沖仲仕の哲学者〉として知られるエリック・ホッファー（Eric Hoffer, 1902–83）のアフォリズム集 ***The Passionate State of Mind and Other Aphorisms***（New York: Harper & Brothers, 1955）および、***Reflections on the Human Condition***（New York: Harper & Row, 1973）の全訳である。さらに「補遺」として、Calvin Tomkins, ***Eric Hoffer: An American Odyssey***（New York: E. P. Dutton & Co., 1968）所収のアフォリズムのうち、先の二著に未収録の十二篇を訳出した。原著に索引と小見出しはないが、読者の便宜を考え、本訳書では新たに付した（小見出しについてはある程度テーマのまとまりのある箇所に付したものであり、ひとつの目安と考えていただきたい）。

訳者の知るかぎり、ホッファーのアフォリズムは本書収録の四百七十五篇ですべてである。このうち『情熱的な精神状態』については、訳者自身が愛読してきた永井陽之助氏による翻訳がすでにあるが（『政治的人間』平凡社、一九六八年、所収）、現在入手困難でもあり、本書収録に際して新たに訳出した。

著者の経歴については、すでに『エリック・ホッファー自伝――構想された真実――』（作品社、二〇〇二年）の「訳者あとがき」に記しているので、そちらを参照されたい。

ホッファーは約三十年におよぶ著作活動で十一冊の著書を残した。それらは、

研究書――『大衆運動』（五一年、邦訳：紀伊國屋書店）
社会評論集――『変化という試練』（六三年、抄訳：大和書房）、『現代という時代の気質』（六七年、邦訳：晶文社）、『初めのこと今のこと』（七一年、邦訳：河出書房新社）、*In Our Time*（七六年）
日記――『波止場日記』（六九年、邦訳：みすず書房）、『安息日の前に』（七九年、邦訳：近刊）
アフォリズム集――『情熱的な精神状態』（五五年）、『人間の条件についての省察』（七三年）
自選集――*Between the Devil and the Dragon*（八二年）
自伝――『構想された真実』（八三年）

の六つに大別できようが、なかでも、アフォリズム集は特別の位置を占めていると言ってよかろう。

労働のかたわら図書館に通い、読書と思索を重ねたホッファーは、長い歳月をかけて独自の

思索・著述のプロセスを体得した。まず精読した著作の重要な文章、自身の経験や観察をカードに書き写し、次に、それらについて思うところを日記に記す。そして、長い時間をかけて考えを熟成させ、文章を練って、五十語から二百語くらいで表現する。アフォリズムができあがったら、そこでいったんそのテーマから離れ、次のテーマにとりかかる。その後、寝かせておいたアフォリズムを随時取り上げ、肉付けしてエセーにする。最後に、一連のエセーが完成したところで著書としてまとめるのである。

この思索・著述プロセスからも推測されるように、ホッファーのアフォリズムには、他の著書で彼が展開した議論のエッセンスが凝縮されている。つまり、全アフォリズム集である本書には、彼が生涯をかけて取り組んだ課題と思索のすべてが含まれているといっても過言ではない。

ホッファーがアフォリズムによって表現しようとしたのは、生きた哲学であった。

わたしは専門的な哲学者ではない。抽象的なことは扱わないからだ。一枚の葉や一本の枝が幹から育つように、わたしの思想は、生活のなかから育ったものなのだ。

カルヴィン・トムキンスのインタビューに答えて、ホッファーはこう述べているが、たしかに彼が目指したものは、少なくともヘーゲル流の形而上学的な「哲学」ではなかった。ドイツ人移民の子であるホッファーが共感し影響を受けたものの大半は、皮肉にも、フランス人が著したものであり、アフォリズム的なスタイルで「自分のこと」を書こうとした作品であった。原書で読めるドイツ人の難解で長大なパラグラフよりも、英訳で読まざるをえないモンテーニュ、パスカル、トクヴィル、ルナン、ベルグソンの明快で美しいセンテンスにホッファーは惹かれた。そして、こうした「教師たち」を手本として、ホッファーは、自らの生活の中から、ひとつひとつアフォリズムを紡ぎ出していったのである。

*

第一アフォリズム集『情熱的な精神状態』は、最初の著作『大衆運動』と基本的に同一のテーマを扱っている。すなわち、どのような人間が大衆運動に魅了されるのか、そして、そこに生じるファナティシズム（熱狂）の源泉は一体何なのかという問題である。

『自伝』に鮮烈に記されているように、ホッファーがこの問題を発見し、思索を深めていったのは、彼が季節労働者としてカリフォルニアを渡り歩いた一九三〇年代のことであった。ドイツではヒトラー、ロシアではスターリンの全体主義が台頭した時代であり、アメリカでは大恐慌によって社会が荒廃して、「約束の地」西部へと人びとが押し流された時代であった。ホッファーは、激烈な変化にさらされた人びとと接しながら、感じたこと考えたことを書き留めていった。操車場で農場で路上で、暇を見つけてはアフォリズムを磨いた。それを書きためた備忘録が、この『情熱的な精神状態』にほかならないのである。

なぜ人びとはファナティックな大衆運動に走るのか。ホッファーは自己、弱者、改革者、情熱に焦点を当てながら、その回答を引き出していく。まず大衆運動に身を投じる者は、自己を知らない。そのため、自身の潜在力と業績への冷静な認識にもとづく「自尊心」をもてず、架空の自己や聖なる大義から引き出される「プライド」に依拠して、真の自己を拒絶する。彼らは、たいてい、大きな社会的変化から取り残された人たちであり、自己のみならず他者の能力も正しく評価できない。それゆえ、自ら名乗り出る社会的不適応者を指導者に祭り上げ、人類に災厄をもたらす「改革者」を歴史の舞台に登場させる。こうして、「汚れた、不具の、完全でない、確かならざる自己」から逃亡したいという熱情こそが「退行的」大衆運動の核心だと、ホッファーは力強く説くのである。

第二アフォリズム集『人間の条件について』は、『情熱的な精神状態』に比べアフォリズムの数こそ少ないが、テーマは多岐にわたっている。六〇年代から七〇年代初めにかけて刊行した『変化という試練』、『現代という時代の気質』、『波止場日記』、『初めのこと今のこと』で論じられているテーマのほとんどが、ここに集約されている。すなわち、人間と自然の関係、トラブルメーカーの本質、人間の創造性の源泉、人間の本性などである。

『人間の条件について』を執筆していた六四年から七二年まで、ホッファーは、カリフォルニア大学バークレー校に招聘され、政治学部の上級研究員として毎週三時間のオフィス・アワーをもっている。

そこでホッファーが目の当たりにしたのは、全世界的に激化した学生運動であり、フリー・スピーチ運動などに熱狂する「甘やかされた子どもたち」であった。一九五七年にソ連が世界初の人工衛星スプートニクの打ち上げに成功してから、アメリカでは高等教育熱が爆発的に高まった。広く国民に大学教育を受けさせ、高度な研究を奨励して、「共産主義国に占領された空」を取り戻さねばならない。大学人口は社会の需要以上に急増し、生活に必要な技術や責任感、自己実現の術を知らない若者が「私的な苦しみのために公的な救済」を要求するようになる。大学教員の地位と報酬も急激に上昇し、本来なら実業界で活動すべき人たちまでが「言葉の人」として大学に残るようになる。キャンパス上の人びとの驚くべき自己認識の欠如と安易な「近道」の要求に、ホッファーは強い反感を覚えた。そして、そうした生活の中で、人間の起源と本性についての考察を深め、社会で幅を利かせる「子どもたち」を「一人前の大人」にするための条件に思いをめぐらせたのである。

十七世紀以来さまざまな政治的思惟を触発してきたトマス・ホッブスのように、ホッファーは、まず「構想された真実」たる神話づくりから始めている。他の生き物とは違い、人間は自然が誤って作り出した未完成の被造物である。そして、そうであるがゆえに、人間は、完全な存在になろうと試みて、自然の敵となった。機械のように厳密に動く自然から自身を切り離し、自らの意思で自然を克服しようとした。とくに、自然を崇敬せず《龍》に喩えることもなかった西洋世界は、「地上を征服する」という大事業に果敢に乗り出した。

ホッファーは、それを科学技術の時代を切り開く偉業であったと高く評価する。しかし、同時に人間が直面した大きなアイロニーを、そこに見ている。「外界の自然」を克服するにつれ、人間は、皮肉にも、さらに手強い敵と対峙することになってしまった。「内なる自然」、すなわち《悪魔》との闘争である。われわれは、「自らの内面の最も人間的なものと最も非人間的なものとの緊張関係を利用し、創造的な努力の中で魂を張りつめて」生きていかねばならなくなったのである。

『情熱的な精神状態』と『人間の条件について』に共通するテーマであり、ホッファーが並々ならぬ興味を抱いた人間という被造物の本質、つまり「魂の錬金術」の源泉は、ここにあると言ってよかろう。

不思議なことに、人間の内面には「最も人間的なもの」と「最も非人間的なもの」――勇気や愛情といった「高貴な属性」と悪意や残忍さといった「卑俗な属性」の両方が共存している。そして、さらに魅惑的なことに、人間の魂においては、「善と悪、美と醜、真と偽が絶えず相互に変化する」のである。

「情熱的な罪の積み重ねが、聖者への道を準備することは稀ではない」。また、この世の悪を絶滅しようという破壊的な確信者が、一転して建設的な創造者になることも少なくないし、その逆も起こりうる。創造者もトゥルー・ビリーヴァーも実は同じくらい激しい情熱をもっているのであり、両者は紙一重なのだ。

人間とは、まったく魅惑的な被造物である。そして、恥辱や弱さをプライドや信仰に転化する、打ちひしがれた魂の錬金術ほど魅惑的なものはない。

（『情熱的な精神状態』40）

こう記した彼は、『人間の条件について』においては、逆方向の魂の化学反応にも強い興味を示している。「衰えを知らない悪意と残忍さを、慈善心、愛、天国へ行くという理想へと転化する魂の錬金術」にも魅了されている。『情熱的な精神状態』で魂の負の化学反応を「氷のように冷たいウィットと警句」で徹底的に論じたホッファーは、十九年の歳月と知的成熟の中で、よりバランスのとれた「人間の条件」全体の素描を提示する必要を感じていたのかもしれない。

それでは、こうした「人間の条件」の中で成長し、成熟していくために、われわれは、何をすべきなのであろうか。ホッファーは、いわば「二重戦略」(dual strategy) を採用することを説いているように思われる。

第一に、われわれは、「思いやり」(compassion) に依拠しなければならない。というのも、高邁な理想に身を捧げることからくる無慈悲さや人間の本質の深奥にひそむ残忍な衝動を緩和してくれるのは、多くの場合、正義の原則や善悪の峻別ではない。激しい情熱を飼いならすために必要なのは、むしろ「われわれの内面で生じる善と悪との不断の往来」からの適切な距離である。つまり、思いやりだけが、「魂の抗毒素」になりうるのである。

第二に、われわれは、個人や社会の創造性を高めていかねばならない。一方では遊び心を忘れず、他方では自らの才能と創造にともなう困難を冷徹に認識して、粘り強く努力を続けなければならない。もちろん最大限の創造力をもってしても、巨大で激烈な変化の時代の問題を解決することは難しいのかもしれない。しかし、逆にそうであればこそ、われわれは、決して飛躍しようとしてはならず、ゆっくりと、しかし着実に歩んでいかねばならない。他人への思いやりをもち、穏やかに燃える情熱を保持しながら、創造的努力を重ねていかねばならない。こうホッファーは訴えているように思われる。

＊

モンテーニュの『エセー』以降、パスカルの『パンセ』、ラ・ロシュフーコーの『箴言集』といった著作が現れ、二十世紀においてもヴァレリー、アラン、アドルノなどがアフォリズムという形式によって、自身の思索を短い章句によって表現している。いま、こうした著作に再度目を通すならば、「人間に関する思想で二百語以内で表現できないことなんてそんなにない」（『諸君』一九七一年四月号掲載のインタビュー）というホッファーの言葉が新たな重みをもってくるように思われる。

厳密な科学用語によってわれわれの精神生活を語ることは、おそらく不可能であろう。科学用語によって、人は自らを笑ったり、憐れんだりできるだろうか。われわれの精神生活を語るためにあるのは、詩かアフォリズムかのいずれかである。後者のほうが、おそらくより明確であろう。

（『情熱的な精神状態』161）

とホッファーは述べているが、たとえこれに同意できない人でも、そこに提示されている問題の大きさに気づかないわけにはいかないだろう。

かつて永井陽之助氏が鋭く指摘したように、人間の活動を観察対象とする科学は「学問的な厳密性、公開性、信頼性」という要求と「人間が生きていくうえでの生甲斐、意味づけ……有用性」という要求が必ずしも一致しないという問題を不可避的に抱えている。言い換えれば、「するどい洞察と観察を一種の表現にまで象徴化したアフォリズムみたいなものも、現在の科学ではテストしえなくとも、きわめて正確な知識であるかもしれない」のであり、少なくともそこにアフォリズムの余地が存在している。人間学においては、精緻で客観的に見える理論や叙述よりも、一言のアフォリズムのほうが正確かつ深い洞察力を有するといったことが起こりうるのであり、それをわれわれは、まず率直に認める必要があるのではないだろうか（「座談会」上山春平・江藤淳・沢田允茂・富永健一・永井陽之助・山崎正和「哲学の再建」『中央公論』一九六六年十月号、参照）。

＊

本訳書は、いわば幸運の産物である。『自伝』が思わぬ好評を博したがゆえに、ホッファーの著書をもう一冊翻訳するチャンスがめぐってきたからである。そのとき、訳者がまず上梓したいと考えたのは、何よりもアフォリズム集であった。二十年近く前に『情熱的な精神状態』から「本物の衝撃」を受けて以来、ホッファーのアフォリズムには強い愛着を抱いてきた。一気に読んだことも、日めくりの余白に貼って、ひとつずつ味読したこともあったが、そのたびに「自分のこと」が書いてあるような気がして、赤面したり微笑んだり勇気づけられたりしたものである。

訳出に当たっては、『自伝』のときと同様、作品社編集部の太田和徳氏に多大な御尽力をいただいた。訳者の翻訳を読んだうえで、もう一度原文を見ながら、ひとつひとつ校正し、さらに訳者と率直な意見交換をして適切な訳文を探し出すという作業は、思い入れがなければできないことである。とくにアフォリズムの翻訳は、前後の文脈から意味を推測できない場合が多く、しかも「決め言葉」として訳さねばならないため、決して容易ではない。小見出し、索引をつけていただいたことも合わせて、心より御礼申し上げたい。

シーラ・ジョンソン（Sheila K. Johnson）氏にも、前訳書に引き続き御助力いただいた。とくに、〝Belief passes, but to have believed never passes.〟の意味について返答いただいた解説は、注として訳出したいと思ったほど懇切丁寧であり、多くを学ばせていただいた。

最後になったが、間接的にせよ、この本の出版を可能にしていただいた『自伝』の読者の方々、そして『自伝』への興味深い書評を寄せられた評者の方々にも御礼申し上げたい。拙い翻訳ではあるが、前訳書と同様、ホッファーの「冷徹」かつ「思いやり」あふれる洞察を楽しんでいただければ幸いである。

中本義彦

二〇〇三年一月二十二日

不可測性　P−224, H−122
不寛容　P−62, 134, 215
不幸　P−280
　——の記憶　P−279
　——の原因　P−126
物欲なき社会　P−26
不適応者　P−13, 50, 51, 107
不平不満　P−166
不満　P−17
　——の化学反応　P−14
プライド　P−35, 36, 38, 212, H−69
　——の源泉　P−191
　——の追求　P−29, 37
プロパガンダ　P−260, H−29
憤慨　P−116
平衡感覚　P−233
変化の時代　P−13, H−32, 38, 110
放蕩　P−9, 270
保守主義　P−21, P−197
施し　P−113

■ま行

待つこと　P−267
学ぶこと　H−32, 33
満足感　P−168, 189
未来　P−74, H−123
　——の後継者　H−32
　——への関心　P−75
　——への信仰　P−77, 162, 165
無邪気さ　P−269
無知な者　P−179, H−123, 124
もたざる者　P−115
模倣　P−33, 136, 258, 272, H−91
問題の解決　H−60, 61

■や行

安らぎ　P−119
勇気の源泉　P−87
ユダヤ人　P−126, 162, 174
夢の実現　P−232, H−116
欲望　P−5, 23, 194, H−137, 151
　——の自覚　P−24
預言者　P−227
予言の実現　P−78, H−112
装うこと　P−56, 57
予測可能性　H−110
欲求不満　P−57
弱さの自覚　P−116
弱さの腐敗　P−41

■ら・わ行

ラディカリズム　P−21
利己主義　P−8, 214
利己的になること　P−114, H−166
龍　H−18, 23
良心　H−164
歴史　P−95, 213, H−86, 113, 114, 115, A−1
　——への没頭　P−75
老人　P−268, H−134, 138
若さ　P−32
笑い　H−20

魂の救済　P−150
魂の激化　P−14
魂の弱点　P−61
魂の錬金術　P−40, H−19, 22, 36
ためらい　H−5, 49, 54
堕落　P−195
単純さ　P−230
——への偏愛　P−88
知識人　H−65, 95, A−5, 6
中傷　P−128, 129
敵　P−222
転向者　H−51
天罰　H−128
トゥルー・ビリーヴァー　H−5, 66
動機と結果　H−25
動機と達成　H−30
洞察　P−182
統治の技術　P−25
動物　H−7
独善　P−109, 156, H−160
独創性　P−33
トラブルメーカー　P−104, H−39, 43

■な行

内面の空虚さ　P−217
内面的自我　P−59
日本　H−94
人間　P−40, 96, 261, H−4, 15, 28, 35, 183, A−10, 11, 12
——に対する態度　H−136
——の価値　H−175
——の起源　H−19
——の結束　P−243, 259
——の適応性　P−51
——の独自性　P−50, H−27
——の独創性　H−84, 93
——の皮相さ　P−201
——の不完全さ　H−1, 3, 5, 27
人間化　H−5, 19, 21
人間間の亀裂　H−143
忍耐　H−76
熱狂　P−19, 60
熱情　P−145
熱望　P−31

■は行

迫害　P−125, 127
激しい欲望　P−18, 20
ハッピーエンド　P−274
反キリスト者　H−109
反体制主義者　H−49
反体制知識人　H−48
ビジネス　H−73
非妥協的な態度　P−63
非同調主義者　P−175, H−50
ヒトラー　P−36, 162, 176, H−11, 12, 64, 111, 112
非難　P−116, 118, 192
非人間化　H−5, 6, 8, 12, 20, 34
——の道具　H−13, 67, 75
秘密主義　P−191
平等　P−198, 258
被抑圧者　H−69
ひらめき　H−80
ファナティシズム　P−149, 150, H−72
不安　P−87, 134, 231
不快感　P−249

深刻になること　P-93, 94, 99
信条　H-17
人生　P-97, 130, 166, 168, 196, 235, H-174
親切　P-123, 200
人類の敵　P-146
スターリン　P-36, 89, 162, H-11, 12, 64, 95, 111, 112
成功　P-164, 181, H-155, 157
精神の均衡　P-27, 29, 144
精神の死　H-147
精神の不均衡　P-25, 43
成長　P-207, H-76, 81, 103, 164
成長できない者　H-78
精通すること　H-90
青年期　H-58, 59
政府　P-147
世界　P-108, 188, 189, 237
　——への不満　P-102
世界変革　P-102, 104
責任の回避　P-84, 85, 86
世代　P-163, H-60, A-4
絶対権力　P-78, 88, H-13, 111
絶対信仰　H-13
絶対的な真理　P-216
説得の衝動　P-135
前衛的革新　H-104
戦士の精神　H-120
前進への刺激　P-16
前進への情熱　P-257
全体主義　P-25, 28, H-13, 55, 73, 110
善と悪　H-25, 26
先入観の喪失　H-167
全面的な革新　H-105
憎悪　P-194, 225, 243, 244, 245, 278, H-180
創造　P-136
創造者　H-87
　——の気質　H-99, 100, 101, 102
創造性　H-35, 79
　——の源泉　H-3, 27
創造的な環境　P-33, 34, H-85, 86
創造的な精神　H-84
創造的な人間　P-34, H-84, 99, 103
創造的プロセス　H-5, 30
贈与　P-236
疎外された者　H-29, 41, 42
粗暴さ　P-80, 241

■た行

大衆　H-45, 95, 96, 97, 98
　——の画一性　P-169
大衆運動　H-11
他者であること　H-168
他者との連帯　P-46
他者への依存　P-134
他者への没頭　P-178
他人　P-130, 234, H-131, 133
　——との類似性　P-110, 111, 112
　——の影響力　P-137
　——の見解　P-185
　——の知恵　P-188
　——の判断　P-141, 250, H-135
　——への期待　P-101, H-149
多忙さ　H-156, 177
魂の機械化　H-11

自己からの逃避　P-1, 8, 45, 178, 211, H-55
自己の拒絶　P-35, 48, 80
自己への不満　P-2, 5, 20, 151
自己演出　P-151, H-102
自己改宗　P-155
自己観察　P-158, 159, 160
自己犠牲　P-8, 9, 64, H-107
自己欺瞞　P-70, 71, 260
自己嫌悪　P-46, 100
自己実現　P-29, 30, H-42, 107
自己主張　P-26
自己正当化　P-117, 118, 121, 122
自己内対話　H-150
自己認識　P-151, H-175
　——の欠如　P-152, 153, 157
自己否定　P-52, 54, 55
自己蔑視　P-72, 114, 190, 191, 246
自己放棄　P-8, 36, 47, 187
自己忘却　P-205, 219
自己妄想　P-154
自己浪費　P-271
仕事　H-178
事実　P-73
自然　H-1, 4, 6, 9, 10, 18, 23, 36, A-12
思想　H-62, 82
自尊心　P-5, 13, 27, 29, 35, 114, 229, 246
時代　P-163
親しみやすさ　P-110
嫉妬　P-114
失敗　H-155, 157, 158
失敗者　P-180, 223
失望　P-264
自動機械化　P-39, H-8
自慢　P-191
邪悪さの認識　H-24
社会秩序の安定　P-32
社会の停滞　P-15, H-28, 92
弱者　P-41, 42, 43, 91, 111, 241
　——の生き残り　P-45, 50, H-37
　——の才能　P-49
　——の特異性　P-51
弱者の真似　P-44, H-75
借用　H-93, 94
自由　P-176, 242, 255, H-56, 57
重圧からの解放　H-161
宗教　P-37, 48, 55, 68, 150, 215, A-2
集団的羞恥　H-126
自由な社会　P-25, 28, 33
手段と目的　H-121
主張の熱情　P-239
純粋無私　P-142
称賛　P-131, 133, 248
情熱　P-1
　——の転位　P-10
情熱的な激烈さ　P-11
情熱的な精神状態　P-11
情熱的な探求　H-117
情熱的な追求　P-1, 3, 27
情熱的な人間　P-208, 213
自立した個人　P-27
自律的な人間　P-27, 28, 29
知ろうとしないこと　P-58, 59, 60
信仰　P-39, 77, 92, 273, H-11, 13, 70
　——の放棄　H-16, A-2

——の欠如　P-152, 156
感情の喚起　P-69
完全な社会　P-15
観念　H-63
——の脱知性化　P-65, 66
官能　H-138
寛容　P-200
機械　H-6, 12
技術　P-11, 12
——の習得　H-2
偽善の欠如　P-200
偽装　P-256
希望　P-166, 193, 245, 247, H-69, 70, 71
——の実現　H-182
義務　P-168
急進主義　P-88, 207
急進主義者　P-60, 197
教養　P-68
共産主義　H-72, 73, 74
共産主義者　P-198
狂信者　H-14
競争　P-177, 178
兄弟愛　P-169, 204
恐怖　P-39, 43, 255
恐怖心　P-183, H-163
虚栄心　P-202, 218
極端な態度　P-8
禁欲主義　P-5
屈辱感　P-190
苦悩　P-263
苦しみ　H-153
芸術　H-5
芸術家　P-17, H-5
軽信性　P-81, 82, 83
軽薄さ　P-92, 94, 99
軽蔑　P-110
けちくささ　P-132
原因と結果　H-84
言語　H-92
原罪　P-143, H-19
現在　P-74
——の拒絶　P-80, 92
——を謳歌する者　P-79
現状に対する闘争　P-73
謙遜　P-212
賢明な生活　P-265
権力　P-41, 43, H-69
権力意識　P-90, 91, 277
行動　P-25, 30, 64, 65, 66, 67, 98, 154, H-62, 63
幸福　P-280, H-172
心　H-142, 154
個人の画一化　H-34
国家の疲弊　P-23
孤独　P-223
孤独な生活　P-211
言葉　P-64, 67, 68, 69, 98, 154, H-62, 64, 65, 66, 67, 68, 173

■さ行

罪悪感　P-125, P-183
猜疑心　P-184
才能　P-18, 32, H-77, 171
——のある者　H-34, 77, 106
——のない者　P-180, H-42, 77, 86, 105
寂しさ　H-159
死　P-93, 206, 276, H-36, 130
——の不可避性　H-125
時間の超越　H-183
思考　P-186, 266

索　引

数字の前のＰは「情熱的な精神状態」を、Ｈは「人間の条件について」を、Ａは「補遺」を示し、数字はアフォリズムの番号である。

■あ行
愛　P-100, 226, 275, H-139
愛国心　P-38
愛憎を決めるもの　P-229
アイデンティティ　P-55, 151
悪　P-147, 148, 149, H-162
悪意　P-112, 120, 143, 167, 216, H-127, 129, 181
悪魔　H-18, 19, 38
遊び　H-27, 28, A-3
遊び心　H-29
新しいものの誕生　H-120
アフォリズム　P-161, 171
アメリカ合衆国　P-169, 170, H-42, 45, 52, 53, 58, 65, 85, A-7
アメリカ人　P-22, 171, 172, 174, A-8, 9
憐れみ　P-119
安全　P-164, 165
言い訳　P-181, H-42
異議申し立て　H-40
一神教　P-37
隠蔽の手段　P-240
嘘　P-70, H-47
自惚れ　H-83, 102
噂　P-129
エリート　H-95, 96, 97, 98
演じること　P-199
老い　H-165
臆病　P-203
押しボタン文明　P-173
お世辞　P-128, 129, 133
思いやり　P-138, 139, 140, 144, H-36, 37, 38
愚かさ　P-209, 210, 269
音楽　H-108

■か行
改革者　P-103, 105
確信のなさ　P-63
獲得不可能性　P-4
獲得不能なもの　P-194, 198
革命　P-23
革命家　P-17, H-73, 74, 103, 152
革命的変化　H-74, 119
過去の再編　P-75
過剰さ　P-4
過剰な行動　P-53
価値の感覚　P-30
活力ある社会　H-34, 63
過度の欲望　P-6
神　P-54, 89, 162, H-8, 9, 15, 18, 163, A-12
玩具を欲しがる者　P-95, H-30
感受性　P-160

エリック・ホッファー（Eric Hoffer）
アメリカの社会哲学者・港湾労働者。1902年７月25日、ニューヨークのブロンクスにドイツ系移民の子として生まれる。７歳のとき失明し、15歳のとき突然視力が回復。正規の学校教育を一切受けていない。18歳で天涯孤独になった後、ロサンゼルスに渡り、さまざまな職を転々とする。28歳のとき自殺未遂を機に季節労働者となり、10年間カリフォルニア州各地を渡り歩く。41年から67年までサンフランシスコで港湾労働者として働きながら、51年に *The True Believer* を発表し、著作活動に入る。この間、64年から72年までカリフォルニア大学バークレー校で政治学を講じる。つねに社会の底辺に身を置き、働きながら読書と思索を続け、独自の思想を築き上げた〈沖仲仕の哲学者〉として知られている。83年５月21日、死去。アメリカ大統領自由勲章受賞。
著書に『大衆運動』（紀伊國屋書店）、『波止場日記』（みすず書房）、『エリック・ホッファー自伝』（作品社）、『安息日の前に』（作品社・近刊）ほかがある。

訳者略歴

中本義彦（なかもと・よしひこ）

1965年、山口県柳井市生まれ。東京外国語大学大学院地域研究研究科修了。カリフォルニア大学サンディエゴ校大学院（91～94年）、ヴァージニア大学大学院（95～98年）留学。

現在、静岡大学人文社会科学部教授。Ph. D.（国際関係論）。

主要論文に、“Understanding” International Relations: The Historical Sociology of Raymond Aron and Stanley Hoffmann（Ph.D. Dissertation, University of Virginia, 2001）。

訳書に、エリック・ホッファー『エリック・ホッファー自伝』（作品社、2002年）、チャルマーズ・ジョンソン『歴史は再び始まった』（木鐸社、1994年）。

魂の錬金術
エリック・ホッファー全アフォリズム集

二〇〇三年 二月 五 日第 一 刷発行
二〇二四年 一〇月 五 日第一六刷発行

著　者　E・ホッファー
訳　者　中本義彦
装幀者　髙林昭太
発行者　福田隆雄
発行所　株式会社 作品社
東京都千代田区飯田橋二ノ七ノ四
電話　(〇三)三二六二-九七五三
FAX　(〇三)三二六二-九七五七
振替　〇〇一六〇-三-二七一八三
印刷・製本　シナノ印刷㈱
落・乱丁本はお取替え致します
定価はカバーに表示してあります

ISBN978-4-87893-527-5 C0010

エリック・ホッファー自伝

構想された真実

中本義彦▼訳

失明、孤独、自殺未遂、10年の放浪、そして波止場へ……。つねに社会の最底辺に身を置き、働きながら読書と思索を続け、独学によって思想を築き上げた「沖仲仕の哲学者」が綴る情熱的な精神のドラマ。